ほんとうの日本

芭蕉に恋した英国人の言葉　The Real Japan

R.H.ブライス
大江舜　訳

展望社

To Harumi Marjory Blyth
and
late Nana Elizabeth Takeda

R e g i n a l d   H o r a c e   B l y t h

はじめに

大江 舜

この本はR・H・ブライス（Reginald Horace Blyth, 1898-1964）が生前に発表したエッセイや英文著作から一部を抜粋、翻訳したものである。この本を手にとる読者のあなたは、おそらくブライスが何者であるかをすでにご存知かもしれない。ブライスが亡くなってから、すでに半世紀以上。生前のブライスを知る方も少なくなっている。なんといってもブライスの最大の功績は、俳句を世界に紹介したことである。影響を受けた人の中には米国人ならジャック・ケルアック、アレン・ギンズバーグ、J・D・サリンジャーなどのビート詩人や小説家がいるという。だが、そのような事実を知っている人がどれだけいるだろうか。せめてもう一世代くらいは日本人にブライスという英国人の存在と彼の果たした業績を知って欲しい。そんな思いから、講演の日本語原稿なども探し出し、一つの時代の証言として出版したものである。以下、順を追って、収録作品の出典を解説していきたい。

二〇一三年六月、日本と英国は交流四百周年を迎えた。それを記念して、英国の日刊紙、インデペンデント紙にピーター・ポップハム氏が、一六〇〇年に日本に最初にやってきたウィリアム・アダムス、幕末に来日し日本の近代化に大きな影響を与えたトーマス・グラバーと、本書の主人公、R・H・ブライスに焦点をあてて寄稿しているが、その中から、ブライスの部分のみを掲載するので、ブライスなる人物の簡単な経歴を理解する一助として頂きたい。

川柳の道（The Way of Senryu）は、Why Nobody Likes Senryu（なぜ、川柳は人気がないのか）とThe Way of Senryu（川柳の道）の二部構成になっている。第一部は、Orient/West Magazine 一九六二年の三月号に掲載されたものであり、第二部は、Today's Japan 誌（後にOrient/Westに改題）の一九五八年十月号に掲載されたものである。本書での掲載順は、一九六五年にこの二つのエッセイを収録してOrient/West社から刊行されたTHE JAPANESE IMAGE（Edited by Maurice Schneps and Alvin D. Coox）によった。

「芭蕉」は、一九六三年十月に刊行された、A HISTORY OF HAIKU Volume OneからBASHOの翻訳であり、これに続いて掲載している「蕪村」は、同書のBUSON IおよびIIのうち、IIの抜粋の翻訳である。このA HISTORY OF HAIKU（俳句の歴史）は、二巻本だが、これに先立ち、ブライスは、HAIKU全四巻を、一九四九年から一九五二年の間に出版していることを記しておく。この「俳句の歴史」から芭蕉と蕪村を選んだのは、この二人がブライスのお気にいりの俳人であったからである。本書がある程度売れて、一茶や子規をブライスがどのように海外に紹介していたかを、いまの日本人の読者のみなさんに知って頂ける機会があるならばそれに勝る喜びはない。

この「俳句の歴史」第一巻の序文で、もはや日本では芭蕉の俳句の道を継いでいるものはない、として芭蕉について触れている部分をご紹介しておこう。

『芭蕉の俳句の道（His way of haiku）はもはやその道を歩む人がいないとなれば、道そのものも存在しないと言っていいだろう。道、としては、多くの点で、道教、キリスト教、儒教、仏教などより優れていた。その衰退は、人間の愚かさ、俗悪さ、感傷性、非詩的性の記念碑である』

なお、俳句の表記はすべてブライスの表記に拠った。

「仏教とユーモア」は、一九五九年七月二十三日に浅草寺教化部の主催で日本橋の安田生命で佛教文化講座の一環として行われたと思われる講演の再録である。講演の日本語原稿を学習院大学の史料館より提供頂いたものである。

「文化についての考察（Thoughts on Culture」は、一九五一年四月に東京都千代田区西神田の出版社、英文社から出版された英文図書の全訳である。大学の英語の授業の副読本として利用されたようだ。しかし、マニアックとも思えるほどの他の著作物からの引用が多く、ブライス先生にはわかっているためほとんど出典は明記されず、痩せ馬にまたがり風車に突入するドン・キホーテさながらの訳者を発狂せしめるに充分であった。しかしコンピュータ技術がおそろしいほど進んだいま、世界の文献をかなりの部分まで検索できるようになり、判明したかぎりは訳文に反映させたが、翻訳がブライスの意図したところをきちんと伝えることができたか、恥ずかしながら自信はもてない。

戦後、といっても十年ほど経過した一九五六年八月十日付の神戸新聞に掲載された「戦後十一年目の日本に望む、俳句の精神をこそ」、一九五六年十二月号の雑誌、婦人之友の「歴史をつくる児童文学」、そして、一九五九年二月二十三日付の読売新聞の「日本の学生と私 – 教師生活三十五年を顧みて」の三本のエッセイを収録した。現代かなづかいなどに一部訂正をしている。いずれも「俳句」を大切にしてほしいブライスの思いがよくあらわれているエッセイである。

本書のタイトルとなっている、「ほんとうの日本」は、Orient/West Magazine の一九六〇年一月二月号に掲載された The Real Japan の翻訳である。「ほんとうの日本」はあるのだろうか。それともそのようなものは、もともと存在していないのだろうか。テキストは、The Japanese Image から引用した。Orient/West Magazine 編集長の Maurice Schneps が The Japanese Image の序文の中でブライスについてふれているのでそれを紹介しておきたい。

『ブライス教授は日本文化や文学についてきわめて刺激的な研究を行っており、筆者がこれまでにお会いした人たちの中でも最も注目すべき人物の一人である。彼は一見、礼儀作法に無頓着に見えるが、常に励ましと協力を惜しまず、ユーモアにあふれていた。彼はオリエント／ウェスト誌の寄稿編集者であり、彼の個人的な友情を忘れることはない』

最後に掲載するのは、戦後最初の英文雑誌「The Cultural East」創刊にあたってのことば（Editorial）

である。この文章は、ブライスの研究者で、『R・H・ブライスの生涯』の著書もある吉村侑久代氏による訳である。また、雑誌 The Cultural East について吉村氏の解説を以下、引用して掲載する。

『鈴木大拙と吉田茂の発案で戦後初の英文雑誌 The Cultural East がR・H・ブライスの編集協力のもとに一九四六年と一九四七年の二度にわたり出版された。主に占領軍人への日本文化紹介が目的での配布のため幻の英文雑誌と言われている。資金の問題から二号をもって終刊となった。The Cultural East は、「占領軍との増進するコンタクト」の必要性から生れた産物であると同時に、戦前から欧米で禅仏教の研究・普及に努力をした鈴木大拙との共同編集であり、その後のアメリカにおける禅への関心の契機になった雑誌である。吉田茂は、この Cultural East をはじめ Haiku など、ブライス関連の出版物に経済的サポートをしたが、推測するに、これは吉田を含め宮内省、政界、財界の人々からの、天皇制維持のため黒衣として徹したブライスへのプレゼントだったのではないだろうか。ブライスの研究者としての立場をサポートするための準備として、鈴木大拙、吉田茂、そして二人と親交のあった終戦時の学習院長山梨勝之進らの力もあったのではないかと推測する』。

以上が本書に掲載したブライスの著作である。ところで、私はブライスの研究家でもなければ、ましてや禅、俳句、川柳についての専門家でもない。このたび、この本の翻訳、編集に恐れも知らず携わることになったのは、きわめて個人的な理由による。この企画の立案者でブライス博士の娘婿である武田雄二君とは、たがいに出版界に身を置いてきた永年の友人であること。東洋と西洋の詩文を渉猟して、異質ながらも通い合う言語文化の解読ならびに紹介にその異能と異彩をきらめかせたこの風変りな英国人の天才ぶりに、当惑しつつも愛をもって接した近親ならではの逸話を折りにふれて聞かされ、ジャーナリストとして大いに興味をひかれていたこともある。ブライス博士も、武田君と結婚したナナさんもこの世にないが、なにより、そんなブライス博士ゆかりの彼から協力をたのまれたこと。それ以外にない。このように書きながら、私の心にはカズオ・イシグロの描く生粋の英国婦人のような顔をしながら日本語しか話さなかったマダム・タケダの明るい声と笑顔が浮かぶのである。

最後に本書の翻訳・編集にあたり多くの方々のお力を得ることができた。ここにお名前を記し深甚なる感謝の意としたい。

ブライスについての著作物を参考にさせて頂いた宗片邦義先生、吉村侑久代先生、そして故荒井良雄先生。学習院大学史料館の冨田ゆりさん、大川基子さん、ノーマン・ワデル先生。ありがとうございました。

目次

二つの島国の物語
A Tale of Two Islands

英国のクローヴ号が長崎の平戸に到着したのが一六一三年。日本と英国との交流は二〇一三年に四百周年を迎えた。そのきっかけとなったのは、一六〇〇年にウィリアム・アダムス（三浦按針）が日本に漂着し、徳川家康につかえるようになったことである。その後、日本は鎖国に入り両国の交流は途絶えるが、二世紀半ほど経ち、開国に踏み切った日本にやってきたのがスコットランド人の武器商人トーマス・グラバーだ。一九〇二年に日英同盟が結ばれるが、一九二一年に同盟が破棄されると両国の関係は激変し、やがて第二次世界大戦へ突入、日本のほとんどの都市は焼き尽くされ、グラバー邸のあった長崎には原子爆弾が落とされ、壊滅的となる。

以下に紹介するのは、日英交流四百周年を記念してのピーター・ポップハム氏のインデペンデント紙への寄稿文の中からブライスについての部分である。アダムス、グラバーに関する箇所は、著作権所有者の承諾を得て割愛させて頂いた。し

たがって文章は日英関係が危機的状況に陥った頃からの話となる。（編集部）

だが、こうした恐怖さえ、三浦按針ことウィリアム・アダムスが最初に経験した、あまりにも異質で、あまりにも遠く隔たった国との奇妙な親和性を壊すことはできなかった。その悪夢が絶頂に近づいた時でさえ、東洋を愛してやまない西欧人の系統に連なるもう一人の奇人が声を上げ、なんとも奇想天外な方法で英国と日本を結びつけたのである。

レジナルド・ホレス・ブライスがその人物である。エセックス州出身。ベジタリアンで平和主義者であり、第一次世界大戦中に良心的兵役拒否者として投獄された前歴を持つ。日本の魅力にとりつかれたきっかけは、一九二五年に英語を教えるために当時、日本の統治下にあった朝鮮を訪れたことであった。彼はそこで日本人女性と結婚し、一九四〇年に朝鮮から日本に移住したが、いかにもタイミングが悪かった。日本が宣戦布告すると、ブライスは敵国人として拘留され、その膨大な蔵書は空襲で灰燼に帰した。日本国籍を得ようと努力するも、かなわなかった。

アダムスや長崎の港に上陸した武器商人のグラバーと違って、彼は日本人に英国の産業革命による創意工夫の産物を教えることに興味はなく、ほとんど真逆のことをやってのけた。日英同盟の時代に英国で青春を過ごしたブライスは、そのとき初めて触れて大きな衝撃を受けた日本の文化に全身全霊で没入し、その真髄を英国人に伝えようとしたのである。

朝鮮では禅宗を発見し、瞑想の実践を始めていたブライスだが、一九四一年戦雲迫る日本の金沢で学校の教師として働きながらユニークな傑作を書き上げる。この本がめざしたのは、日本と英国の古典を余すところなく渉猟し、その中から響いてくる共通の声、彼によれば、すなわち直感と智恵を見つけだすことであった。

絶版になって久しく、ほとんど忘れ去られているこの本、『英文学と東洋の古典における禅』(Zen in English Literature and Oriental Classics)は、いまなおその素晴らしい輝きを失っていない。アメリカで最も影響力のある禅老師の一人で、日本の捕虜収容所の中でブライスと知り合った故ロバート・エイトキンは、この本について次のように書いている。

「この本を十回も十一回も読み通したと思います。読み終わるとすぐにまた読み返しました。ほとんど暗記していたので、どの一節でもすぐに思い浮かべることができます。この本のおかげで、私の人生はいまに続く軌道に乗っているのです。文学、修辞学、芸術、音楽などの文化に対する私の方向性は、この一冊の本に辿り着くのです」

ウィリアム・アダムスとトーマス・グラバーは、万事が実利的でビジネスライクな英国人だったが、ブライスはまったく違った種類の人物であった。スペイン語でドン・キホーテを読み、イタリア語でダンテを読み、ドイツ語でゲーテを読み、ロシア語でドストエフスキーを読み、日本で教えていた学校にオルガンを作り、そのオルガンで大好きなバッハを演奏した。しかし、彼はただの変人ではなかった。アダムスやグラバーのように、彼は日本の政治指導者たちに、なくてはならぬ大切な人物として採用されたのである。たとえば、彼は現在の日本の天皇（注　現上皇陛下）の英語の先生でもあった。そして、日本の文化はエキゾチックなものではなく、知恵に満ちたものであるという彼の主張は、いまもなお感動的だ。ブライスは熱狂的なやり方で、グラバーの町長崎を荒廃させた原子爆弾の中で起こった核分裂のように、異質な詩的要素を強制的に結合させた。エイトキンの心の中で起こった効果、それ以降、他の人たちに与えた影響は、かの爆弾に匹敵するものだ。彼らは生まれてこのかた自分の求め続けていたものをやっと見つけることができた。

イングランドの女流詩人エリザベス・ブラウニング夫人（一六〇〇～六一）が「オーロラ・リー」の中で言うごとく、「白鳥の子は水を見つけるが、自分のすみかを知らず生まれてくるのが人間」なのである。

禅宗曹洞宗の創始者である道元（一二〇〇～五三）は、この道理をより詩的に表現する。

水鳥の　行くも帰るも　跡たえて
されども路は　わすれざれけり

ブライスには免疫があった。真珠湾攻撃後の長年の日英関係に暗い影をおとした恐怖と嫌悪の影響を受けず、戦後も日本に残り、一九六四年に東京で亡くなった。その時すでに、英国と日本の関係は、そのねじれた歴史の中にあって、新しい段階をむかえていた。

敗戦によって地上に落とされた裕仁天皇が神ではないことを国民に知らせた人間宣言の起草を手伝ったのはブライスであった。この後、アダムスとグラバーから学んだ日本人は、その勤勉さと才能によって、祖国を復興していく。

しかし、トランジスタ・ラジオ、ポータブル・テレビ、ホンダのバイク、ダットサンの車など、グラバーが設立を手伝った三菱の船で大量に西洋に運ばれたものとともに、ブライスのメッセージは、彼自身の俳句の翻訳本や、友人であり師匠でもある鈴木大拙の作品の中で、より幽玄的で神秘的なものになって世界に届けられるのである。アレン・ギンズバーグやゲイリー・スナイダーなど、アメリカのビート詩人の世代は、ブライスを読んだところからスタートした。長い目で見たとき、いずれがすぐれて世に永らえるかを誰が言い当てることができようか。

（The Independent　2013年6月8日付）

I

川柳の道
The Way of Senryu

なぜ川柳は人気がないのか　Why Nobody Likes Senryu

俳句にブームがあった。禅もまたしかり。すると、ハンガリーから英国に帰化した世界的なジャーナリストのアーサー・ケストラー氏が「鼻もちならぬ」と禅を批判して鈴木大拙先生と論争になった。そのこともあり、禅のブームはいつしか消えてしまった。しかし、川柳にはブームさえ訪れなかった。なぜか。ここでは川柳にブームが起きなかった理由、これからも起きえない理由を述べておきたいと思う。

俳句は自然を詠んだ詩で短い。なぜならあらゆる体験は短く、つかのまのものでありながら、同時に時間を超越している（はず）だからである。俳句の扱う「自然」はきわめて限定されており、例外的にイノシシを除いて、無害な動物しか登場しない。異臭を放つ植物や、生存競争、死など、およそ暴力的なものはいっさい省かれている。

対象物のほとんどは小さく、あるいは小さく表現されている。例えば、それはメルヴィルの小説『白鯨』のエイハブ船長に挑みかかる悪魔の化身のごときモビィ・ディックではなく、一九世紀英国の詩人マシュー・アーノルドが大海原の自然にうたう生き物たちである。

目をみひらきて　世界の海を　めぐりめぐる　とこしえに

したがって、俳句には誰も取り立てて異論をはさむことはできない。たいていの人は、そこそこ自然を愛しているふりをしていて、俳句というものの存在を快く受け入れる。ただし、俳句的な生き方とは正反対の生活、つまりテレビや自動車を手放さずにすむならばという条件付きである。

禅もまた無害なおもちゃである。やけどすることなく、禅の炎と遊ぶこともできる。もちろん、座禅を組むとなると、足がひどく痛くなるのは覚悟しなければならない。しかし、神経症などの不安を解消したいなら、ある程度のつらさは辛抱したい。神秘的で、とらえがたい禅。熱狂的なファンには、まさにその近寄りがたさが魅力なのだ。深遠な「奥義」には誰しも魅かれる。禅をたしなむなら、無知で低俗な群衆にその知識をひけらかすことができる。また外部の人々は、馬鹿にされまいと、なんとか中にもぐりこもうとするものだ。ローマカトリック教会なら、禅は汎神論より有害なものに思えたことだろう。なぜなら、それは父と子と聖霊の「三位一体」や、キリストの「受肉」に負けずおとらず不可解なものだからである。お株を奪ってはいけない。しかし、禅には政治的権力も社会的影響力もないため、達磨大師や信徒たちを破門する面倒もない。禅は人間の生活を変えない。禅をやっているからと言って、家族がつらい思いをしたり、平和主義者となって国を裏切るような結果になることもあるまい。ただ、より良きセールスマンに、より良きゴルファーに、より良き話し手になることはできる。あるいは、容赦なく動物や人間を手にかける者でさえ、禅は「より良き」虐殺者にしてしまう。禅は一般大衆から大きな支持を得ることはできまいが、なまかじりの知識であっても、国際社会で紳士の嗜みのひとつにはなるかも知れない。

ところで、川柳は俳句と同じ形式の詩である。一八世紀の中頃、正確には『柳多留《やなぎだる》』の第一編が刊行された一七六五年に誕生した。川柳の作者の多くは偽善や感傷、自己欺瞞、つまり自身や他人の人間としての本性を表現することを目的としていた。

彼らが嘲笑の的としたものは、もちろん上流階級や武士、賢者や徳の高い人たち、つまり偽善者たちであった。

奥家老　顔をしかめる　ものを踏み
（江戸城の奥を取り仕切る家老が、なにかを踏みつけて、顔をしかめた）

奥家老とは、女性だけが居住する「奥」の一切を取り仕切る役職で、きわめて謹厳で、何事にも動ぜず、それを表情にも出さないとされていた。ところが、自然の産物であるなにかに触れたとたん、それがまき散らす悪臭であたりは満たされた。自尊心でそっくりかえっていたはずの奥家老は、腹立たしさのあまり、不埒千万、まことにけしからぬとばかり顔をひきつらせた。これぞまさに、最も滑稽で、愚かな表情だろう。なぜならその「糞にまみれた地上」こそ、神が私たちにお与えになられたものだから。

宗教を心底から馬鹿にしている川柳をもう一句、紹介しよう。

手付にて　もう神木と　敬われ
（手付金を払ったとたん、神木として敬われるようになった）

神社を建てる材木として一本の木を選び、手付金を払ったら、木にその旨を書いた紙が貼られ、他の木とはまったく違う木となった。（川柳の作者たちが、古英語でキリストの十字架をうたった最古の英詩「ルードの夢」を知っていたら、そのパロディを作ったに違いない）この川柳からは、お金と宗教との切っても切れないつながりも読み取れる。両者は互いを生み出し、支えあっている。

次の一句（ここで紹介する川柳は『柳多留』第一編より選んだ）によれば、美徳とは自分の意志で好きな時に身につけたり、脱ぎ捨てることのできる衣装だ。一九世紀の大英帝国を代表する言論人であったトーマス・カーライルの著作『衣装の哲学』を彷彿とさせる。

舟宿へ　内のりちぎを　ぬいで行き
（舟宿に着くと、男は家族への義理を脱ぎ捨てる）

舟宿は隅田川の岸にあり、吉原の遊郭へ行く客はここへ寄って舟を雇った。ここでは、男は夫や父であることをやめ、獣になった。

人はみんな喋りすぎる（そして書きすぎて、読みすぎる）、とりわけ自分が興味のある事柄については言葉数が増える。この当たり前の事実が、あるいは陳腐な説と言いたがる向きもあるとはいえ、次の一句に表現されている。

根津の客　家のひずみに　口が過ぎ
（根津から来た客が、家の歪みをあれこれあげつらう）

根津にはたくさんの大工が住んでいた。そんな大工の一人が客として招かれたにもかかわらず、どうしても黙っていることができず、建物の欠点や、それを建てた職人の腕の悪さを言わずにはいられない。

英雄は誰であっても正体を暴かれてしまうものだ。下男の目には英雄なしである。（主人である彼自身も自分にとっては英雄ではない。さもなければ切腹などする

ものか）

小侍　蜘蛛と下水で　日を暮らし

（下級武士は蜘蛛の巣取りや下水掃除で日々を過ごす）

武士の多くは家と下水の掃除に追われている。輝かしい人生の波乱に満ちた時間でさえ彼のものではなく、その名もなき時代の一幕にすぎない。

男性の不真面目で、不誠実で、ご都合主義なところもしばしば取り上げられるテーマである。

女房が　死ぬと夫は　文をやり

（妻が亡くなると、男は彼女に手紙を送る）

「彼女」とは、男が親密にしている女性のことだ。読者が男性ならば「男」とはあなたであり、わたしである。

川柳とはどのような文学、つまり詩であるかを充分に理解してもらえたと思う。川柳は人間の実態を描いている。真実や善良さや美しさをすべて省いているのは、人間にもともと備わっている性質は、そもそも持ち上げたり宣伝するようなものではないからだ。川柳は、嘘や誇張や感傷、偽善、自己欺瞞を攻撃するというよりむしろ、そのことでまわりから非難される人間の真実を弁護しているのである。なぜなら、川柳の作者を除いて、「人間はみな嘘つき」だからである。

このあたりで強調しておきたいのは、風刺が世界共通のものだということである。風刺といえば、古代にはアテナイの詩人アリストファネス、ローマのユウェナリスやマルティアリスがいる。時代が下ってフランスでは、一六世紀に人文主義者のフランソワ・ラブレー、一七世紀になるとラ・フォンテーヌ。一七世紀の英国ではサミュエル・バトラー、一八世紀のアイルランドにおいてはジョナサン・スウィフトが登場する。こうした詩人や作家たちによって、風刺の分野は徹底的とも言ってよいほど開拓し尽くされた。さらに指摘しておいてもよいのは、いじめられることに喜びを感じるマゾヒズムもまた、普遍的に現れる人間の本性であり、なにもこれは一七世紀の初頭、エリザベス朝の英国でシェイクスピアが書いて人気を博した『ハムレット』の芝居に始まったことではない。したがって、川柳にも大衆受けする要素があるはずだ。

じつは、最もマゾヒスティックな人間でも、鎧をつけている。しかし、川柳はその鎧をも貫いてしまう。私たちはマゾヒスティックな生き物だが、痛みに愉悦を感じるとしてもそこには限度というものがある。自衛本能こそ自然界の第一法則だ。「ああ、何者でもあらず、何者でも」(Oh, to be nothing, nothing) という讃美歌があるが、これは心理的に不可能のみならず、論理的ではない。なぜなら、To Be とは「何かになる」(to be something) ということだからである。川柳は、私たちを良き人間に矯正したりしない。ただ叱るだけである。ひょっとしたらあるかもしれない美徳を決して褒めず、その美徳にさえ欠点や不品行を指摘する。私たちが忘れたいと思っているすべてを絶えず思い出させる。ニーチェが「錯覚は真実と同じく必要だ」と言っているように、人生では忘れることも必要だ。この世の創作物で最も人間的な川柳に、人間の本能が逆らっている。そして、それは正しい。私たちには「歩むべき道」、すなわち行動の指針が必要なのだ。民主主義でも、文化でも、キリスト教でも、科学でもいい。

俳句でも、禅でもいいだろう。しかし、川柳は「穴」のようなもの、エアポケットというか、ハシゴの横木と横木のあいだの空間のようなものとでも言ってみようか。

だが実際のところ、川柳はただ単に否定的であるというわけでもない。そこには肯定的な哲学もあって、意識的にせよ無意識にせよ、「許すは人の性、過つは神の常」だと心得えているのだ。「人間（アダムとイブ）」の堕落は、キリストの贖罪よりも意味深く、より大きな出来事だ。天国の聖人たちには、ひとつの快楽しかない。それは、地獄の亡者たちがのたうちまわるさまを眺めることだ。ところが、天地をさかさまにしてみると、地獄の亡者たちこそ、天国の聖なる偽善者たちの姿や、神の利己主義、聖者たちの反ミルトン的服従（『失楽園』のなかで堕天使ルシファーは、唯一神ヤハウェへの服従より、自由に戦い敗北することを選ぶ）のさまを観察して無上の愉悦にひたるのだ。いかなる「人生の道（ありかた）」が提示されようとも、そんなものを笑いとばすのが川柳だ。それは、ニヒリズムのせいでも、破壊を心から愛しているためでもない。老子の言うごとく「道と呼べる道は永遠の道ではない」からだ。ブームという点で言えば、川柳の目指すところとは相容れないし、そもそも川柳には「分解力」があることを忘れてはならない。一九世紀米国の思想家、詩人であったエマーソンは「人はひとかたまりに救われるのではない」と言ったが、付け加えれば、川柳はまさに、ひとかたまりをバラバラに分解する力なのだ。救われるかどうかについては、救われたいと思わない人間だけが救われるだろう。まさに聖書の言葉を逆にいって「扉を叩くなかれ 然らば開かれん」なのである。

川柳は私たちの最も感じやすい部分に触れてくる。知りたくもなく、知るぐらいなら死んだほうがましだと思っていることを詠む。したがって川柳を読んで楽しめるのは川柳の作者だけである。彼らは変わり者で、人間や彼ら自身の弱さや愚かさにきわめて敏感でありながら、彼らの知識がもたらす宇宙原理の因果が、いかに恐ろしいかにまったく気づいていないか、深刻にとらえてはいない。心の平静を保ちつつ、これができる日本人はごく一部に限られる。他の人たちは、川柳を実質的には存在しないものとして、わざと見て見ぬふりをしてきた。私自身、次に川柳を読むときは用心深くありたい。その句がどれほどつらい思い出を呼び起こすか、最後にひとつだけ残ったどのような風船に針を突き刺すか、私にはわからない。川柳を一句読むたびに、神は私を見捨てる。

川柳の道　The Way of Senryu

川柳は日本的な考え方の産物として最も注目すべきもので、その広がりと深さは俳句のそれをはるかに上回る。「俳句の道」にいそしもうとしても、もしあなたが、目が見えず耳が聞こえないようなら、ほとんど無理な相談だろう。しかし、「川柳の道」はその逆で、むしろ心理的な盲聾状態にこそ存在しているのである。

悲劇はいつも喜劇よりも深いものだと受け止められている。笑いより涙のほうが重いというのだが、はたして本当だろうか？

いかにも深い悲しみに耐えかねるように詠嘆してみせる詩人がいる。いわく、

泣かぬ君に、我は泣く

でも、泣かないほうが泣くより良いにきまっている。むしろ、もじり歌にすれば、こうなるか。

笑わぬ君に、我笑う

泣くことは愚かだとして、そんな相手をあざけるように笑いとばしてみたわけだ。さて、もうひとつパロディにしてみたいのは、次のような二流詩人の言葉だ。

笑いたまえ　君とともに　世界も笑う
泣きたまえ　泣くのは君　ひとりだけ

これでは、まったく笑えない。これならどうか、

泣きたまえ　君とともに　世界も泣く
笑いたまえ　笑うのは君　ひとりだけ

本物の笑いは、真実の愛や本物の詩と同じく、めったにあるものではない。そこが、川柳のすぐれている点だ。川柳は武士階級（面白味に欠け、世界中の武人がそうであったように、悲嘆にくれていた）が、戦のない時代に、なんとか自分たちの地位と理想

を保とうとしていた中で生まれた。そうした武士の愚かさをひそかに嗤《わら》う江戸と難波の商人たちは、一八世紀スコットランドの国民的詩人のロバート・バーンズがなんとかして手に入れたいと願った才能を持っていた。つまり、人々にどう見られているかを知っていて、馬鹿にするほうも馬鹿にされるほうも、宇宙の摂理に照らせば、負けず劣らず愚かであるという自覚である。だが、いつの時代も剣はペンよりも強し。玉座にすわった専制君主を嗤ったものは、投獄されたり、泣く泣く口をつぐまされることになった。川柳がもっとも輝いた時期は、一七六五年から一七九〇年と短かった。『柳多留』(川柳の句集として一七六五年から一八三七年まで刊行)の初版が誕生してから、最初のそして最も優れた選者であった柄井《からい》川柳が没した時までである。

川柳はすべての文学と同様に、一種の詩歌であり、俳句と同じく五、七、五の音節から成っている。率直に言っておかねばなるまいが、詩的でないユーモアは(ある意味で)ユーモラスではなく、本物の詩ではない。ただ華麗な言葉を連ねたにすぎず、まったく価値のないものだ。

宗教は宇宙に恋している。詩も恋すること、それに劣らない。しかし、ユーモアのない愛は忌まわしく、ひ弱なところは、不貞を疑って妻のデズデモーナを殺してしまうシェイクスピアの悲劇『オセロ』の主人公のそれに似ている。ユーモアは恋愛に必要なごとく、宗教と文学にも不可欠だ。俳句においては、この宇宙的ユーモアは、作者の本質的な詩作姿勢に深いところで関わっているため、ユーモラスな要素を強調して取り出してみない限り、それを指摘することはほとんど不可能だ。しかし、まったくユーモアのない俳句もあって、それは単なる写真、感傷、あるいは説教にすぎない。ここで、蕪村の俳句を一句、紹介しておく。これなどはユーモアたっぷりだ。

我水に　隣家の桃の　毛蟲かな

（我が家の水に、隣家の桃の木から、毛蟲）

ここでいう水とは、小さな池か、水をためておく器か何かの水だろう。隣の家の桃の木は、おいしそうな実を見せつけるだけでなく、我が家の庭に伸ばした枝から毛蟲まで落としやがる。毛蟲はそれ自体、どことなくコミカルな生き物だが、この句ではそのおかしさは言葉としては詠まれていない。次の古い川柳では、おかしさがはっきりと表現されている。

花の幕　毛蟲一つで　座が崩れ
（花見の席。毛蟲だ！　一気に座が崩れた）

色とりどりの垂れ幕に囲まれた中で、人々が浮かれている。頭上の桜の木から毛蟲が落ちてきたとたん、誰かがわざとらしい悲鳴を上げ、怖がりでない人もうろたえる。

俳句と西欧の自然詩とのつながりに似たものが、川柳と西欧の風刺詩に見られる。俳句と川柳では「総体的なもの」が、自然詩や風刺詩に比して「特定されたもの」に、はるかに多く組み込まれているため、具体的なものだけが見え、哲学的あるいは心理的な法則原理は言葉としてまったく表現されない。そのため、芭蕉はワーズワスよりバーンズに近い。一九世紀英国の批評家、ウィリアム・ハズリットによるワーズワス（ウィリアム・ワーズワス、英国の詩人。一七七〇〜一八五〇）とスコットランドの詩人ロバートバーンズの比較論を読むと、それがよくわかる。

〈この二人の詩人の魂ほど、互いにかくも異なり、相容れないものはあるまい。ワーズワス氏の詩は、ただ感傷的で物思いに沈むものにすぎないが、バーンズの詩は、生き物の本質をきわめて高度に昇華してみせる。バーンズにあっては「自分を愛することと、世の中を愛することは同じ」なのだ。だから歌う「さあ、親愛のこの一杯を飲み干そう。フォー・オールド・ラング・ザイン、過ぎ去りし懐かしき昔のために」と〉

俳句は自然との関わりにおいて「動物の存在の本質をきわめて高度に昇華」してみせるものであり、川柳もまさにこの「本質」を人間と社会との関わりに見るものである。

諧謔《かいぎゃく》の一形式としての川柳は、風刺でありながら、容赦のない無慈悲さはなく、けっして相手を侮辱しない。中国のユーモアはしばしば無慈悲で、人々を嘲笑の対象とするが、川柳は一定の礼儀正しさと、ものやわらかさを常に保っている。ユウェナリスの怒りはなく、スウィフトの人間嫌いや、二十世紀英国の小説家で詩人のオルダス・ハクスリーの描く裏切られた愛もない。日本人は疫病や地震をもたらす自然を憎むことはできない。同様に日本人は、人を裏切り、殺し、強姦することもある人間の本性を憎むことができない。日本人が笑うのは自分が人より優れているときではなく、まだ自分よりさらに劣っている人がいると思うときに笑うと言えるかもしれない。この違いは微妙だ。ヨーロッパ人の笑いは、一七世紀英国の哲学者ホッブズが述べているように「他人の弱点、あるいは自分の以前の弱点に対して、不意に優越感を覚えたときに生じる突然の勝利の笑い」である。これに対して、日本人の笑いには、よく言えば、いくぶんの悲しみがある。見下してあざ笑うより、ともに笑うのである。別の言い方をすれば、日本人の笑いはさほどサディスティックではない。お世辞抜きでもっとはっきり言うと、日本人のユーモアには無慈悲なところがない。

優越感の笑いのほかには、驚いたときの笑いがある。そのうちの最もシンプルな可笑しさは、誰かがびっくり箱を開けたときのものだ。さて、隠れているものが飛び出した時より心躍るのは、偽善の仮面をはぎ取るときで、なかでも最も好奇心をそそられるのが自己欺瞞の暴露である。まず自分自身をあざむいていなければ、他をあざむくことはできない。

自尊心、自慢、衒い、自意識、恥などは、すべて自己欺瞞のたぐいで、当然のことながらユーモアのかけらもない。日本人のいちばんの強みはとことん自分をあざむくことができることだ。この狂信的なまでの自己欺瞞がなければ、おそらく川柳の作家はユーモアに必要な材料を仕込むことができないかもしれない。ラフカディオ・ハーンの作品を読めば、彼がこの自己欺瞞に目を向けることなしに、日本人のセンチメンタリズムをユーモアのないおとぎ話に仕上げていることがわかる。同様のことが、戦前に新神道主義を提唱し、戦後公職追放になった国家主義者の藤沢親雄にも言える。彼はユーモアのひとかけらもなく詩を哲学として語り、日本人の国民精神をいかにも思いあがった「皇道論」に仕立て、皇国思想を広めたのである。

事の真相を言えば、マシュー・アーノルドが述べているように、世界はとっくの昔に、より高い水準の安楽と「平和」を求めて生きることを選択し、詩や経験の価値や深さを求めることをやめている。今日、「俳句の道」を歩む人はほとんどいない。そして、「川柳の道」もそれといわば平行に伸びていて、同じように到達することかなわぬ究極の目標に続いているため、同じように廃れていくしかない。なぜなら、詩とは静寂であり恬淡《てんたん》無欲であり、それが両者の本質なのであるから。

（初出　Why Nobody Likes Senryu, Vol. 7, No.3, March 1962 Orient/West Magazine, and The Way of Senryu Vol. 3, No.10, October 1958 of Today's Japan, later renamed to Orient/West）

芭蕉
Basho

芭蕉が、蕉門の代表的作品となった「古池や」の句を詠んだのが一六八六年。蕪村の師である巴人《はじん》の死により一門は終焉を迎えた。元禄時代といえば一六八八年から一七〇三年の間をいうが、芭蕉が亡くなったのが一六九四年であるから、彼の名句は元禄時代の初期に集中していることになる。芭蕉四十一歳の一六八六年までは、並みの句しか見られないが、人生の後半わずか八、九年の間にみごとな句を詠んでいる。この点でいうと、ワーズワスと正反対で、彼の名詩は人生の前半、一七九八年から一八〇八年の間に集中しているが、詩作は一八五〇年まで続いた。元禄時代が始まった頃には、徳川幕府が政権を確立して八十年ほど経っている。小説の西鶴、演劇の近松、儒学の熊沢蕃山らが、この時代を有名にした。仏教界でもまた、いくつかの宗派が名僧を輩出したし、美術では、光琳、一蝶を忘れるわけにはいかない。

芭蕉が生まれたのが一六四四年、そして若いころは侍大将の藤堂新七郎良清の跡取り息子である主計良忠《かずえよしただ》に仕えた。文学を好み、蝉吟の俳号を持つ良忠との縁で芭蕉も俳諧を始めた。良忠の死後、仕官を退き、二十九歳の時、江戸に向かった。当初、桃青と名乗ったが、深川の芭蕉庵に住むようになってから芭蕉と改めた。

芭蕉野分して盥に雨を聞く夜かな
（ばしょうのわきして　たらいにあめを きくよかな）
A night listening　To the rain leaking into the tub,　The banana-plant blown by the gust.

この句は芭蕉庵にて桃青の名で詠まれている。芭蕉の木は、一六八四年八月から一六八五年四月まで、芭蕉の故郷や吉野、京都へ共に旅した千里《ちり》の俳句でも蘇えっている。

深川や芭蕉を富士にあづけ行く
（ふかがわや　ばしょうをふじに　あずけゆく）
Fukagawa!　We depart, leaving the basho　To Mount Fuji

芭蕉は旅に明け暮れた人生をおくった。彼の作品のほとんどは日記形式であり、俳句も詩的日記のようなものだった。芭蕉の最初のころの句は談林風だ。

あらなんともなやきのふは過きて河豚と汁
（あらなんともなや　きのうはすぎて　ふぐとしる）
Well, nothing seems to have happened,　Though I ate swell-fish soup　Yesterday

これは芭蕉の初期の作品で、冒頭の言葉は能から借りてきているが、反和歌的なトーンで人気があった。国中の庵から庵へと移り住みながら江戸へ戻ると二年ほど滞在した。その時の句である。

梅が香にのっと日の出る山路かな
（うめがかに　のっとひのでる　やまじかな）
Suddenly the sun rose,　To the scent of the plum-blossoms
Along the mountain path.

芭蕉は再び江戸を発ち、そしてこれが最後の旅となるが、故郷へ帰った。その途中、詠んだ句のひとつである。

大井川波にちりなし夏の月
(おおいがわ　なみにちりなし　なつのつき)
The River Oi;　In the ripples, not a particle of dirt-
Under the summer moon.

芭蕉は奈良から大坂へ行き、そこで亡くなった。彼の死に際しての句は、この偉大な俳人にふさわしいものである。

旅に病んで夢は枯野をかけめぐる
(たびにやんで　ゆめはかれのを　かけめぐる)
Ill on a journey;　My dreams wander　Over a withered moor.

この句には、厳粛さのない神秘性、絶望のない最終性、飾り気のない真実がある。惟然《いぜん》が芭蕉の亡くなる前に詠んだ句と比較してみよう。

ひっぱりて蒲団に寒き笑い哉
（ひっぱりて　ふとんにさむき　わらいかな）
Pulling the bedclothes　Back and forth, back and forth,　Wry smiles.

この句は、惟然《いぜん》（広瀬惟然。一六八四〜一七一一）と正秀（水田正秀。一六五七〜一七二三）が同じ布団に寝ていることがきっかけで生まれた。芭蕉自身、この句を読んでほほ笑んだそうだ。師匠と弟子は親子のような関係でもあった。芭蕉は私たちにゴールドスミス（英国の詩人。一七三〇〜七四）をいくぶんか思い出させる。

芭蕉の句は、その数においてはさほど多くはない。全部で二千句ほどだろうが、ひとつ印象的なのは、そのバラエティの豊富さにある。彼の句の中に、後の俳人たちが発展させていった萌芽を見ることができる。

叙事詩風

吹き飛ばす石は浅間の野分かな

（ふきとばす　いしはあさまの　のわきかな）

The autumn blast　Blows along the stones　On Mount Asama.

中国風

夜着は重し呉天に雪を見るあらん

（よぎはおもし　ごてんにゆきを　みるあらん）

The bed-clothes are so heavy,　The snow of the sky of the Kingdom of Wu

Will soon be seen.

静物画風

塩鯛の歯茎も寒し魚の棚

（しおだいの　はぐきもさむし　うおのたな）

In the fish-shop　The gums of the salted sea-bream　Are cold.

独創的

野を横に馬引きむけよ郭公

（のをよこに　うまひきむけよ　ほととぎす）

Lead my horse　Across the moor　To where the hototogisu is singing!

ユーモア調

麦飯にやつるる戀か猫の妻
（むぎめしに　やつるるこいか　ねこのつま）
The lady-cat,　With love and barley-rice　So thin!

視覚的

しぐるるや田のあら株の黒むほど
（しぐるるや　たのあらかぶの　くろむほど）
First winter rain, – Enough to turn The stubble black.

デリカシー
（優美さ）

粽結ぶ片手にはさむ額髪
（ちまきむすぶ　かたてにはさむ　ひたいがみ）
Wrapping rice-dumplings in bamboo leaves,
With one hand she fingers　The hair over her forehead.

私たちが芭蕉をして日本で最も偉大な俳人という理由は人間の体験の新しい形を創造したことなど、その力の多様さのみにあるのではない。芭蕉には、私たちを彼に近づけ、彼を私たちに近づける、あらゆることに対する繊細な思いやりがある。ジョンソン博士（サミュエル・ジョンソン、英国の文学者。一七〇九〜八四）と同じように、彼の中には文学を超え、芸術を超えたソロー（ヘンリー・デイヴィッド・ソロー、米国の作家。一八一七〜六二）が言うところの、家庭的な雰囲気を思い起させる何かがある。本来、単なる善性はわくわくさせるものではないが、ひとたび、それが感受性や、美の愛や詩に加わると、それは不動のものを動かすことのできる力となる。

詩とは和歌の美でもなければ、道歌のような道徳性でもなく、また俳諧にある知性や言葉の機知でもないことを、芭蕉に突然悟らせたものは何なのだろうか？　それは禅を学んだためとする人もいるが、私にはそれはありえないように思う。芭蕉は弟子たちに座禅をすすめた形跡もなく、禅について、あるいは俳句との関係について語ったこともほとんどない。実際、芭蕉がたとえこの世に生まれなくても俳句は存在していただろう。しかし、もしシェイクスピア（あるいはベーコンでも、マーローでも、オックスフォード伯爵でもエリザベス女王でもいいのだが）が書かなかったとしても、誰かがシェイクスピアの戯曲を書いただろうとは言えまい。ソローが言ったように「シェイクスピアでもホーマーでもなく、人間が偉大な詩人なのだ」は、他のどの国よりも日本でこそあてはまる。というのも、日本はどの国よりも習慣や伝統がより強く、そこでは詩はロマンティックや古典的な独奏（ソロ）ではなく、民主的な三重奏（トリオ）あるいは四重奏（カルテット）だからだ。鬼貫《おにつら》（上島鬼貫、一六六一～一七三八）や言水《ごんすい》（池西言水、一六五〇～一七二二）など、その他多くの芭蕉に比べるといまひとつの俳人たちでさえ、芭蕉と同時期に良い俳句をつくっている。しかし、彼らには芭蕉の謙虚さ、寛容さ、野心のなささがなかった。鬼貫は誠実さ、真実を愛し、それらを対象としたが、芭蕉はただ愛しただけだった。

鶯を魂に眠るか嬌柳
（うぐいすを　たまにねむるか　たおやなぎ）
Making the uguisu its spirit,　The lovely willow-tree　Sleeps here.

この芭蕉の初期の作品（一六八三年以前の句）は、有名な荘子の胡蝶の夢をもとにしていると思われる。ある暖かな春の日に柳の木はそこに眠ったまま、鶯になった夢を見ている。

こもを着て誰人います花の春
（こもをきて　たれびといます　はなのはる）
Who is he,　A straw-mat over him,　This flowery spring?

みなが着飾って花見にいくと、むしろをかぶった人が横たわっている。乞食か狂人か、それとも浪人か。芭蕉の春、花見はふつうの人と違い、ソローのような感じである。芭蕉は、反対側を素通りすることをしない。

この秋は何で年よる雲に鳥
（このあきは　なんでとしよる　くもにとり）
This autumn, – Old age I feel,　In the birds, the clouds.

夜である。芭蕉は旅の途中、それも最後の、そして半月後に亡くなる。空飛ぶ鳥には巣があり、狐には巣穴があるが、人の子には頭を置くところさえない。この句に隠された※オノマトペが聞こえる。芭蕉があたかも息をつまらせ、すすり泣いているようだ。

※注釈　オノマトペについては88〜89頁を参照

朝顔や晝は錠おろす門の垣
（あさがおや　ひるはじょうおろす　かどのかき）
Morning-glories blooming;　Locking up　The gate in the fence.

芭蕉がいわんとしているのは、もし門を開けたままにしておいて、誰かが入ってきたら相手をしなくてはならない、ということ。朝顔が咲いているあいだは、朝顔を楽しみたい。道徳は唯美主義に道を譲るのである。

樫の木の花にかまはぬ姿かな
（かしのきの　はなにかまわぬ　すがたかな）
The oak tree　Looks careless　Of the cherry blossoms.

繊細で上品な桜の花にくらべて、樫の木は武骨で素朴だが、芭蕉は樫の木の方が好みだ、ワーズワスのように。

起きあがる菊ほのかなり水のあと
（おきあがる　きくほのかなり　みずのあと）
Faintly the chrysanthemums, After the water subsides, Rising again.

昼間の大雨で庭は一面水たまりになってしまった。夕方近くになると、雨もやみ、花々から水滴も落ちて、また顔をもたげてきたが、すでに夕暮れ時で暗くなりかけて、花が何かしら優美で幽玄的でさえある。ローレンス（D・H・ローレンス、英国の作家。一八八五～一九三〇）の『息子と恋人』に描かれている花々、ユリ、ナデシコ、アイリスを思い出させる。

四方より花吹き入れて鳰の海
（しほうより　はなふきいれて　におのうみ）

From all directions　Come cherry petals,　Blowing into the lake of Nio.

鳰の海、別名、琵琶湖のまわりを囲んでいる桜の花々と、水面に春の風が吹きつける広がりを感じさせる句である。

顔に似ぬ発句も出でよ初櫻
（かおににぬ　ほっくもいでよ　はつざくら）
The first cherry blossoms;　May the hokku　Be unlike our faces!

東洋の美的感覚はワイルド（オスカー・ワイルド。英国の作家。一八五四〜一九〇〇）のそれとも違うし、ましてペーター（ウォルター・ペイター、英国の文人。一八三九〜九四）がしゃれて結んだ緑色のタイとも違う。俳人たちはみな全体として身なりをかまわぬ連中だったので、見栄をはるようなことは一切なかった。

杜若語るも旅のひとつ哉
（かきつばた　かたるもたびの　ひとつかな）

Talking before the iris flowers:　This also is one of the pleasures　Of travelling.

この句は大阪の知人宅で詠んだ句で、『笈の小文』に書かれている旅でのことである。

須磨のあまの矢先に鳴か郭公

（すまのあまの　やさきになくか　ほととぎす）

Is the hototogisu crying　At arrows shot　By fishermen of Suma?

この俳句はこの句だけではほとんど成立せず、句に込められた背景を知る必要がある。芭蕉はこの句に先立ち二十行ほど述べている。それは、漁師が海辺でキスゴを並べて干しているところへ、カラスがそれを取りにくるので、漁師たちは、魚を取られまいと、弓矢でカラスを射るというものだが、芭蕉は漁師たちにはほとんどふれず、このようなひどいことをするのは、ここが古戦場であった故だろうか、と言う。句では、浜辺のホトトギスはカラスに同情して鳴いているのだろうか、それとも自分の命を心配して鳴いているのだろうか、という自分の気持ちを表している。

灌佛の日に生れあふ鹿の子哉
（かんぶつの　ひにうまれあう　かのこかな）
On the very day of Buddha's birth,　A young deer is born:　How thrilling!

お釈迦様の誕生日には、お釈迦様の小さな像に絶え間なく甘茶が注がれる。これが灌仏会の起源である。感嘆符以上とは言えない「哉」に"thrilling"を充てるのはとても強い言葉になる。

此山のかなしさ告よ野老堀
（このやまの　かなしさつげよ　ところぼり）
Make known　The sad stories of this mountain temple,　Yam-digger!

この句は『笈の小文』に収録されているが、伊勢地方の山田にある菩提山の寺で詠まれた。当時すでに荒れ果てていた。芭蕉は、一種粗野なユーモアをもって、山芋（野老《ところ》）を掘りおこしている男と仏教とを関連づけている。

神垣やおもひもかけずねはんぞう
（かみがきや　おもいもかけず　ねはんぞう）
The Fence around the Shrine: Unlooked- for, unforeseen,-
The picture of Buddha entering Nirvana.

この句は旧暦の二月十五日に詠まれた。芭蕉はここで、古来からの習わしで認められていることとは言え、いわゆる神仏習合が、いまだに驚きであることに、彼の驚きとともに（喜びをもまた）表している。

よし野にて櫻見せふぞ檜の木笠
（よしのにて　さくらみしょうぞ　ひのきがさ）
Cedar-strip kasa! At Mount Yoshino I will show you The cherry blossoms.

この句は、遊び心のある無邪気さが面白い。芭蕉は、杜国《とこく》（坪井杜国。生年不詳〜

一六九〇）を道連れに吉野へ行ったが、この句以外にも、彼らの笠にも次のような言葉を書き付けている。

乾坤無住同行二人《どうぎょうににん》
（天地の間、安住する場所はない、お前と二人だけだ）
Two fellow travellers, dwelling-less in the Universe.

この表現はなんとも痛ましいが、笠にそうあったように、先の句と並べておくとしよう。

猶みたし花に明行神の顔
（なおみたし　はなにあけゆく　かみのかお）
Still, I would fain see　The god's face　In the dawning cherry blossoms.

この句は葛城山の麓で詠まれた句。六三四年生まれといわれている呪術師、役小角《えんのおづぬ》が葛城と吉野の間に橋を架けようとして、神である一言主《ひとことぬし》に助けを求めたという話がある。だが、一言主はとても醜かったので、いつも夜陰に隠れて仕事をしていたという。芭蕉は、その場所があまりに美しいので、その神が醜いということが信じられず、ぜひ見てみたいものだと思った。これは間接的ではあるが、場所と人の美しさへの印象的な賛辞といえる。

我々はしばしばソローは厭世的と思うけれど、もしかすると、ただ浅薄で尊大な人たちを嫌っただけかもしれない。ワーズワスは人情には冷たいと我々は思うが、妹や友人たちは熱烈に愛していた。一方、芭蕉はとても温かい心の持ち主で、それは白楽天以上だ。『笈の小文』に次のような句がある。

若葉して御目の雫ぬぐはばや
（わかばして　おんめのしずく　ぬぐはばや）
Young leaves coming out, – Ah, that I could wipe away　The drops from your eyes!

この句は奈良の東大寺で詠まれた。東大寺は、唐から七五四年に来日した僧、鑑真により建立された。芭蕉曰く、鑑真は海にて「七十余度の苦難に遭い」、潮風のため眼に損傷を負い、やがて全盲となってしまった。この句は、寺にある鑑真像の前で礼拝した折に詠まれた句である。

名月や門にさし来る潮がしら
（めいげつや　かどにさしくる　しおがしら）
The autumn full moon;　The foaming tide　Rolls up to the gate.

潮は門のところまで流れ込み、波間に月が輝いている。月が水面に反射し、落ちたり崩れたりしていく。月の静寂があり、波の大きな音がする。秋の月であり、何とも言えない悲痛と悲しみがある。

京まではまだ半空や雪の雲
（きょうまでは　まだはんぞらや　ゆきのくも）
On a journey to the Capital,　Only half the sky traversed,　With clouds foretelling snow.

芭蕉はこの句を鳴海で詠んだ。著名な歌人で一六七九年に亡くなった飛鳥井雅章《あすかいまさあき》がこの宿で一晩過ごした折に、次の和歌を宿の主人に与えたという。

うちひさす都も遠くなるみがた
はるけき海を中にへだてて

The Capital　Far,far away　From this Bay of Narumi,
With the vast, remote seas Rolling between

この和歌は次の詩を思い起こさせる。

霧につつまれた小島の孤立した羊飼いの小屋から
山は我らを隔て、海は荒れ果てる。
（カナダの舟歌、スコットランド詠み人知らず）

白髪ぬく枕のしたやきりぎりす
（しらがぬく　まくらのしたや　きりぎりす）
Beneath the pillow　Where the grey hairs are pulled out,　Chirps a cricket.

誰かが寝床の男のために白髪を抜いている。床下ではキリギリスが鳴いている。キリギリスの鳴き声に何か、哀愁ただよう諦観を感じ、それが芭蕉の老いと必然的な時の流れの感覚と一致するのだ。

ねはん會や皺手合る珠數の音
（ねはんえや　しわてあわせる　じゅずのおと）
The anniversary of the Death of Buddha; From wrinkled praying hands,
The sound of the rosaries.

これがオリジナルの句のようだ。後に、最初の行が、「灌佛や」、（釈迦の誕生日に釈迦像に水をかける儀式）に変わっている。芭蕉がなぜ変更したのかは不明だが、考えられることは、原則としてしんとした和声よりにぎやかな不協和音の方が良い、というものかもしれない。

香を探る梅に蔵見る軒端哉
（かをさぐる　うめにくらみる　のきばかな）
Smelling the plum-blossoms,　I gazed up at the eaves,　And saw a godown.

この句は尾張の熱田神宮近くの家で行われた句会での連歌の発句である。ここには良いものが三つある、梅の香り、湾曲した軒端、それに城を思わせる蔵。

ためつけて雪見にまかるかみこ哉
（ためつけて　ゆきみにまかる　かみこかな）
Smoothing its creases,　I go out snow-viewing　In my kamiko

句の詩情はわずかだがリアルである。芭蕉が身につけたときはしわくしゃだった紙子を、雪見での句会に備えてしわをきっちりのばして（矯付《ためつ》けて）粗末な外観を良くした。雪化粧も良く、芭蕉も見栄えを良くしたかったのだろう。

磨なをす鏡も清し雪の花

（とぎなおす　かがみもきよし　ゆきのはな）
The sacred mirror　Is re-polished and clear,　In the snow-flowers.

この句は『笈の小文』にあり、三河地方の伊良湖岬そばの熱田神宮の完全修復がなった折に詠んだ句である。この句のポイントは、新たに磨かれた鏡の清らかさと雪の清らかさにある。この句には詩情というより、神道への敬虔な心を見てとれる。

旅寝してみしやうき世の煤はらひ
（たびねして　みしやうきよの　すすはらい）
Seen on a journey, – The year-end house-cleaning　Of this transitory world.

芭蕉は、一六八七年一二月一〇日、この時は故郷へ帰る途中であったが、芭蕉自身は、帰る家がないと感じていた。

枯芝ややゝかげろふの二三寸
（かれしばや　ややかげろうの　にさんずん）

Over the withered grass,　At last an inch or so　Of heat-waves.

草はまだ枯れたままで春のきざしはないが、その草の上にわずかに陽炎がたっている。この句に続く句あり。

春立ちてまだ九日の野山かな

（はるたちて　まだここのかの　のやまかな）

Spring has come, – But moor and mountain　Are those of the ninth day.

これらの句は、文学として判断すれば、すぐれて詩的とはいえないかもしれないが、芭蕉がいかに季節の移ろいに関心をよせていたかを示している。同じことがワーズワスのティンタン・アビー（Tintern Abbey Ode）の冒頭の部分に言える。

Five years have passed; five summers, with the length Of five long winters!

（過ぎ去った五年の月日―五たびの夏が過ぎ去った、五たびの長い冬もろともに）

（岩波書店刊『ワーズワス詩集』山内久明編より）

星崎の闇を見よとや啼千鳥
（ほしざきの　やみをみよとや　なくちどり）
The crying plovers, – Do they bid me gaze upon　The darkness round Hoshizaki Cape?

千鳥がこの岬の方の闇の中で鳴いている。一六八七年、芭蕉が故郷への途次、鳴海で詠んだ句である。終わることのない旅と知っている旅人の悲しみを私たちは感じる。この句の問いの形はとても重要である。詩情は決して答えの中にあるのではなく、問いの中に、いや、問いと答えの間に、既知と未知の間にあるのだ。召波《しょうは》（黒柳召波、一七二七～七二）の句と比べてみよう。

何を釣る沖の小舟ぞ笠の雪
（なにをつる　おきのこぶねぞ　かさのゆき）
What are they catching,　The small boats out in the offing,　As snow falls on my kasa?

つぎは芭蕉の俳句の中でも最も代表的な句のひとつ。

旅人と我名よばれん初しぐれ
（たびびとと　わがなよばれん　はつしぐれ）
The first winter shower;　My name shall be　"Traveller."

この句は芭蕉が故郷への旅に出かけた十一月に詠んだ最初の句である。それまで、彼は芭蕉であり桃青であり、あるいは師匠であったが、これから先は、休むことなく、ひとつの場所から次の場所へと旅する、その他大勢の旅人の一人となったのだ、そう、それは朽ちた葉が風に吹かれてどこへ行くとも知れぬように。これこそ芭蕉のデモクラシーであり、自然のデモクラシーである。

冬の日や馬上に氷る影法師
（ふゆのひや　ばじょうにこおる　かげぼうし）
A winter day;　On my horse's back　A shadow sits freezing.

この句は芭蕉が天津縄手《あまつなわて》で詠んだもの。芭蕉は天津のことを「あま津縄手、田の中に細道ありて、海より吹上る風いと寒き所なり」と書いている。芭蕉は凍てつくような寒さの中、自分自身は、単なる影法師と感じている。この句には類句があり、次に記す。

さむき田や馬上にすくむ影法師
（さむきたや　ばじょうにすくむ　かげぼうし）
The cold rice-fields;　On horse-back,　My shadow creeps below.

通りすがりの田に影が刻まれている。

曙や白魚白きこと一寸
（あけぼのや　しらうおしろき　ことといっすん）
In the morning twilight　The lancelets,　Inch-long white things.

名古屋へ向かう途中、桑名のあたりで、芭蕉は、まだ日の出前の早朝海辺へ向かった。そこではすでに漁師が働いていて、浜辺にきらりと光る白いものが目に入った。

近づいてみると、透明な白いかたまりが東の空からの光に反射して、長さ一寸ほどの小魚であることがわかった。

死にもせぬ旅路の果よ秋の暮
（しにもせぬ　たびじのはてよ　あきのくれ）
Still alive　At the end of the journey! An evening of late autumn.

芭蕉は八回の旅をしているが、その二回目の旅で故郷にたどりついたのは一六八四年。四十一歳の時であった。この頃である。芭蕉は、自分たちの居場所は永遠ではなく、自然の中にあるのだと悟り、そこに住むため人生を捨て去る決意をしたのだ。この句で芭蕉は、八カ月にわたる苦難の旅の中で体も衰えているにもかかわらず、まだ生きながらえ旅をしているという、いくばくかの驚きを表している。

旅烏古巣は梅になりにけり
（たびがらす　ふるすはうめに　なりにけり）

The old nest　Of the journey crow, – It has become a plum-tree.

この句は名句とは言えないし、また特別な良い俳句というわけでもないが、それでも、これが芭蕉の句であることを知ると、彼の性格や生きていくありさまのすべてというか、彼の詩的生き方が表現されているといえる。この句は、芭蕉が故郷へ戻った一六八五年に詠まれた句と思われる。若い侍だった芭蕉が、今では僧侶の黒い袈裟をまとっている。そして実家に帰り、今、そこは庭に梅の木のある家だ。自然を眺める芭蕉の心を、

穏やかなる忘却とともに、静けさがおおいつくす。

馬に寝て残夢月遠し茶の烟
（うまにねて　ざんむつきとおし　ちゃのけむり）
On the horseback half-asleep,　Half-dreaming, the moon far off,　Smoke for the morning tea.

芭蕉は朝早く宿を出た。よく眠ることができなかった。馬上で半ば眠っている。

西の空には月が沈みかけ、あちこちで朝のお茶のために焚いた火からたなびく烟。馬と芭蕉自身、夜の夢、遠くに見える仄かな月と気の進まぬようにたなびく烟、すべてが朝の静けさと夢うつつの中に溶け込んでいる。

芋種や花の盛りを売り歩く
（いもたねや　はなのさかりを　うりあるく）
The cherry blossoms at their best,　They walk about selling　Seeds of the yam.

ちょうどこの頃が芋の種まきの時期。芭蕉は武士として育ち、主に江戸で生活をしていたので、このように季節のことに深い関心を寄せていた。

日の道や葵かたむく五月雨
（ひのみちや　あおいかたむく　さつきあめ）
In the rains of June　Does the hollyhock turn　To the path of the sun?

雨が降る中、葵はおそらく見えない太陽の方向を向いているのだろう。生命の神秘と諸物の忠実さ、それを繋ぎあわせる絆を感じる。

うぐひすや竹の子やぶに老を鳴く
（うぐいすや　たけのこやぶに　おいをなく）
The uguisu, In the grove of bamboo shoots, Sings of its old age.

初夏、筍が木立の中に顔を出し始めている。鶯の鳴き声は盛りを過ぎ、その声からは力強さと優しさがなくなってきているが、若芽は力強く土の中から元気いっぱいに出てきている。

晝顔に米つき涼むあわれなり
（ひるがおに　こめつきすずむ　あわれなり）
The rice-pounder, Cooling himself by the convolvulus flowers, – A sight of pathos.

米搗きが疲れきり、日陰に座り額の汗をぬぐっている。柵沿いに昼顔の花が、この暑さのおかげでもあり、また、この暑さにもかかわらず、咲きほこる。男にとって花はあるような、ないような、だが花にとっては男の存在はないも同然、という、いわば、神のような、名もなき感情を芭蕉にあたえる。

春雨や蜂の巣つとう屋根のもり
（はるさめや　はちのすつとう　やねのもり）
Spring rain falling　The roof leaks,　Trickling down the wasps' nest.

この句は自然の偶然性や特に重要でない瞬間の微細な観察であり、ワーズワスのいう、「偶然に選ばれた真実」のひとつである。

三日月に地は朧なり蕎麦の花
（みかづきに　ちはおぼろなり　そばのはな）
The earth is whitish　With buckwheat flowers　Under the crescent moon.

この厳しく、確固とした、現実世界が時にかすかで非現実なものに見える。いったいどちらが真実の世界なのだろうか？

ながき日を囀りたらぬ雲雀かな
（ながきひを　さえずりたらぬ　ひばりかな）
Singing, singing,　All the long day,　But no long enough for the skylark.

人間がそうであるように、自然にはなにか強欲なところがあり、一般的には物事には適度さと平衡があるように思えるが、一方、貪欲さ、過剰さ、無限の欲望もまた我々の知るところだ。雲雀は、このわかりやすい単純な例だ。わけもなく鳴き続ける、朝から夜まで、長い日も満足させることもなければ、疲れを知ることもない生き物だ。

朝露によごれて涼し瓜の泥
（あさつゆに　よごれてすずし　うりのどろ）
In the morning dew,　Dirty, but fresh,　The muddy melon.

芭蕉は、没年の一六九四年に悟ったが、英国詩人のジョージ・クラブ（一七五四

〜一八三二）もまた百年後に、泥がこの世界で最も詩的なものであることを理解した。

草まくらまことの花見しても来よ
（くさまくら　まことのはなみ　してもこよ）
Come, come　To the real flower-viewing　Of this life of poverty.

古今集の中の小野小町の和歌に、芭蕉の桜への姿勢のヒントを見ることができるかもしれない。

色見えでうつろふものは世の中の
人の心の花にぞありける
The invisible colour　That fades,　In this world,　Of the flowers　Of the heart of man.

芭蕉は時には感情家であったことを我々は知っているが、ふだんは自分の情を抑えているのである。

手にとらば消えん涙ぞあつき秋の霜
（てにとらば　きえんなみだぞあつき　あきのしも）
Should I take it in my hand, It would melt in my hot tears, Like autumn frost.

この句を芭蕉は一六八四年に生まれ故郷へ帰った折に、亡くなった母の白髪を見て詠んでいる。

秋近き心のよるや四畳半
（あきちかき　こころのよるや　よじょうはん）
Autumn is near; The heart inclines To the four-and-a-half mat room.

夏が終わり秋が近づくころになると、詩的な人たちは茶室という小さな部屋に引き寄せられる。茶は、自然そのものがそうであるように、特定の季節のものというわけではない。夏の活力が衰えると、人はより受動的な精神状態になることから、その心に一種の沈んだ気分が生じ、仲間との出会いや単純で美しいものとだけ関係を持ち、人生の調和と美しさを表したいと望む心が生まれる。この情緒のためにこそ、茶道は考案され、そこから発展していった。芭蕉の句は紛れもなく主観的ではあるけれど、純粋に個人的というわけではなく、茶は社交的なものだが、さらに自らの欲望を表現することで、秋の季節という客観的な性質の何かを、秋が晩夏にとって代わることで、私たちに与えてくれる。

芭蕉を世界の偉大な詩人のひとりとしているのは、芭蕉は自分が詠んだ詩の世界に生き、自ら生きた世界を詩に詠んだからである。

(BASHO From A History of Haiku Volume One
Published on October 3, 1963 by Hokuseido Shoten)

蕪村
Buson

蕪村は、芭蕉、一茶、孔子と違い、変わったもの、魅惑的なもの、奇怪なものが好みだった。芭蕉がワーズワスなら、蕪村はコールリッジ（サミュエル・テイラー・コールリッジ、英国の詩人。一七七二〜一八三四）だろうか。

河童の恋する宿や夏の月
（かっぱの　こいするやどや　なつのつき）
The water-spirit　In his abode of love,　Under the summer moon.

蕪村は常に新しいものに目を配っているか、あるいは古い主題であっても、その中に新しい相貌《アスペクト》を探す。水面に映る月の光は、この奇妙な生き物たちが結婚披露宴をするのにふさわしい場所のようだ。

名月やうさぎのわたる諏訪の海
(めいげつや　うさぎのわたる　すわのうみ)
The bright autumn moon;　Rabbits crossing over　The lake of Suwa.

月の光に水面は水銀のごとく輝く。白いウサギが次から次へとやってくるように小さな波が水面を渡っていく。

雲を呑むで花を吐くなる吉野山
(くもをのんで　はなをはくなる　よしのやま)
Swallowing the clouds,　Spitting out the petals, – Mountains of Yoshino!

風や雨は激しく、山とともに雲を覆う。横殴りの雨は桜の花びらだらけ。

草枯れて狐の飛脚通りけり
(くさかれて　きつねのひきゃく　とおりけり)
Grass withering,　A fox-messenger　Passes swiftly by.

このような句においては、狐憑きや、狐へ、あるいは、狐からの変身を考える必要はない。むしろ、我々の世界とさほど変わらない世界というのが言い過ぎならば、千夜一夜物語やシェヘラザードに近い世界で生き存在する空想上の狐の世界を考えるがよい。

子規は時に蕪村に並ぶが、蕪村は純粋でありながら同時に意味ある客観性を句の中に盛り込むことにおいて余人の追随を許さない。こういうことは難しい、客観性が百パーセントなら単なる写真。人間の存在しない自然は、魂のない肉体にすぎないからだ。しかし特定の人間の感情が自然に入り込むとき、それは台無しになる。自然に人間性がほのかに満たされていてこそ、私たちは完全な満足を得ることができる。次がいい例だ。

水深く利鎌鳴らす真菰刈
（みずふかく　とぎがまならす　まこもがり）
The water is deep;　A sharp sickle　Cutting reeds.

岸辺に剣先のような数十センチの真菰が生えている。鋭利な鎌の音とともに、葦が倒れる音が聞こえる。

河骨のふたもとさくや雨の中
（こうほねの　ふたもとさくや　あめのなか）
Two Clumps　Of the candock,　Blooming in the rain.

コウホネはスイレン科の植物で池や沼の浅瀬に自生し、葉は茎を思わせるような形で、夏に梅のような黄色の五弁の花を咲かせる。蕪村は、絵画においてもそうだが、俳句でも、微細なものを愛する心と、自然の中の崇高なものへの敬意が混じりあっている。

閑古鳥寺見ゆ麦林寺とやいふ
（かんこどり　てらみゆばくりんじ　とやいう）
The kankodori;　A temple is seen,　Bakurinnji by name

麦林寺という名前からは、黄色い麦畑、という田舎のイメージがわいてくる。閑古鳥という名前と調和した屈託のない音がある。蕪村は、言葉の響きに純粋な喜びを感じている。

ちりてのみおもかげにたつ牡丹かな
（ちりてのみ　おもかげにたつ　ぼたんかな）
Only after the peony　Had scattered and fallen　Did it stand there in its glory

この句は、キーツ（ジョン・キーツ、英国の詩人。一七九五〜一八二一）の「ギリシアの壺に寄せる頌歌」にも通じる、最も注目すべき句。

聞ゆる楽の調べは美しい。さあれ、聞えぬものこそ、
更にまさりて美しい。

あるいは、『ナイチンゲールに寄せる頌歌』のように、

足下にはいかなる花か、枝々に咲き垂れて香炉をなし
仄かにかおる花は何かと　見分けはえず、
（いずれも、岩波文庫『キーツ詩集』宮崎雄行編より）

キーツの想像力をもってしても、蕪村が句の中で、現実にある自然の牡丹を想い、かつ同時に精神的な詩的な花を描く境地までには、達してはいない。蕪村は、花が散ったときにこそ、永遠の命を持つことができると知っていた。ソロー曰く、死は時として、生きている頃より人との距離をずっと縮めてくれる。

かきつばたべたりと鳶のたれてける
（かきつばた　べたりととびの　たれてける）
The droppings of the hawk, Soft and sticky, On the leaves of the iris.

これこそアーティストの句である。緑の葉の白い筋や斑点とその先の鋭さ。また、

鳶のおとした糞と葉のコントラストとともに、この猛禽と葉の表現されていない類似性も見られる。

散る花の反故になるや竹箒

（ちるはなの　ほごになるや　たけぼうき）

The fallen flowers　Become just bits of waste-paper?　This bamboo-broom.

桜は美しいが、その美は絶対的なものではない。竹箒はそれほど美しくはないが、確かに花よりも詩的であり、そうであるがゆえにむしろ花よりやや絶対的な美しさがそなわっているのである。

遅き日や谺きこゆる京のすみ

（おそきひや　こだまきこゆる　きょうのすみ）

Slow days passing　In a corner of Kyoto:　Echoings are heard.

京都の音、東京の音、ロンドンの音、パリの音、みなそれぞれ違う。この違いは実際の音によるというよりむしろ建物の反響などによるものなのだ。どの街にもそれなりの共鳴装置があり、特徴ある音がブレンドされ、つくられている。二百年前の日本の首都では、どのような音が反響しあっていたのだろうか。

路邊の刈藻花さく宵の雨

（みちのべの　かりもはなさく　よいのあめ）

It is flowering,　The cut duckweed at the roadside,　In the evening rain.

流れを良くするためかどうか、川の藻草が刈り取られ堤に捨てられている。夕暮れ時の雨で蘇えり、小さな白い花を咲かせているのが、夕暮れの中に見てとれる。蕪村は植物を憐れむというより、滅びる運命にあってさえ自然の本性を果たそうとする自然の力に感嘆している。野沢凡兆《ぼんちょう》の次の句と比較してみるとよい。

骨柴の刈られながらも木の芽哉

（ほねしばの　かられながらも　きのめかな）

The brushwood,　Though cut for fuel,　Is beginning to bud.

苗代や鞍馬の櫻ちりにけり
（なわしろや　くらまのさくら　ちりにけり）
Rice seedling plots;　The cherry blossoms on Mount Kurama　Have fallen and scattered.

この句は、まさにピアニシモの俳句で、それらの俳句では、繊細で注意深い耳、ここでは目が必要だ。毎年同じように美しい緑色をしている若い稲が見てとれる。目を上げてみれば、鞍馬山を覆っていた桜の花はすっかりなくなっている。自然は常にその意味を変えている。それらを受け取る私たちも日々変わらなくてはならない。

よもすがら音なき雨や種俵
（よもすがら　おとなきあめや　たねだわら）
All night long,　Without a sound,　Rain on the straw seed-bags.

種俵は、種籾《もみ》を入れてある俵のこと。春になり種まきの時期に近くなると、音なき雨がふり、一晩で準備が完璧に整っているという自然の摂理の驚きを詠っている。同じテーマで鳴雪の句がある。水のシンフォニーだ。

くもる日や深く沈みし種俵
（くもるひや　ふかくしずみし　たねだわら）
A cloudy day; Straw seed-bags Deep under the water.

暮まだき星の輝く枯野かな
（くれまだき　ほしのかがやく　かれのかな）
Dusk has come early, Stars shining Over the withered moor.

蕪村は、華やかなもの、中国風のもの、ロマンティックなもの、超自然的なものが好みだったが、他のものの価値も十分承知していた。普通のもの、地味なもの、無味乾燥なもの、人が見ても気付かないものなどについても良く知っていた。ハズリットが言うところのチャールズ・ラムのようでもある。「彼の琴線に触れるのは、一定の距離に引き戻され、忘却の境界に接するものだ」。

西吹ばひがしにたまる落葉かな

（にしふかば　ひがしにたまる　おちばかな）

When it blows in the west,　Fallen leaves gather　In the east.

これは禅の句であり、句の禅である。単なる意味のない事実が持つであろういかなる意味よりも深い意味を持っている。似たような句に次のような句がある。

茶の花や白にも黄にもおぼつかな

（ちゃのはなや　しろにもきにも　おぼつかな）

Flowers of the tea-plant Are they white?　Are they yellow? Who can tell?

蕪村はオノマトペの師匠であり、テニソン（アルフレッド・テニソン、英国の詩人。一八〇九〜九二）のようだ。

遠近をちこちとうつきぬた哉
（おちこち　おちこちとうつ　きぬたかな）
At that place there　And this place here clack　The fulling blocks.

さて、以下の句は、主観的オノマトペの例である。

宿かさぬ火影や雪の家つづき
（やどかさぬ　ほかげやゆきの　いえつづき）
They wouldn't put me up;　The flickering lights　Of several adjacent houses in the snow.

蕪村は旅の途中、日も暮れ、雪がちらつきはじめた。人家が隣りあっているところに来て、一夜の宿をお願いするも、それを断られた。重い気持ちで再び歩き始めたが、振り返って見ると、家々の灯りが雪面に照らしだされているのが見てとれる。気分は、悲しみや苛立ち、あるいは羨望でもない、もちろん無頓着というわけでもないし、あきらめでさえない。望んでいるわけではない。むしろ何も求めないという無欲の感情が詩人の心を満たしていた。注目すべきは、オノマトペである。

Yado kasanu hokage ya yuki no ie tsuzuki

憂鬱な気分の、や、や、ゆ、の音。倦怠感の、ぬ、の、そして、夜の寒さや人の心の冷たさの、か、か、き、き、の音。これらが、神のもたらす安らぎと共にあると思えば、どうということはない。

水仙や寒き都のここかしこ
（すいせんや　さむきみやこの　ここかしこ）
Daffodils!　Here and there　In the cold capital.

この花だけが人の心を動かしかつ清める力を持っている。この清めは、か行（K音）とさ行（S音）の音で表されている。

Sui sen ya samuki miyako no koko kashiko

宿貸せと刀投げ出す吹雪かな
（やどかせと　かたななげだす　ふぶきかな）
"A lodging for the night!"　Coming in out of the blizzard　He dashes down his sword.

ここでは、や、か、か、た、な、な、だ、か、な、の音が、要求の不吉さを伝えている。蕪村はいわゆる思想の句もつくっているが、それは特定のものを詠んでいるので、哲学そのものというわけではない。

伏勢の錣にとまる胡蝶かな
（ふしぜいの　しころにとまる　こちょうかな）
Perched on the neck-plates　Of the warrior in ambush,　A butterfly.

この句はコントラストが非常に強い。とは言え、色彩や輝きの調和もある。芭蕉や子規はユーモアに欠けるところがあるが、一茶や蕪村は、日本史上でも一八世紀後半という最もユーモラスな時代に生きたせいか、そんなことはない。蕪村の、川柳にも近い句を紹介しよう。

大とこの糞ひりおはす枯野かな
（だいとこの　くそひりおわす　かれのかな）
The archibishop　Evacuates the honorable bowels　On the withered moor.

修行を積んだ高徳の僧（大徳）が、みっともないことをするユーモラスなコントラストとは別に、広大な自然の美と、人間の取るに足らない小さな醜さとの対比がある。注目すべきは、こ、く、か、か、の音が調和と静かな可笑しみを与えている。

西行の夜具も出てある紅葉哉
（さいぎょうの　やぐもでてある　もみじかな）
Saigyo's bed-clothes Have appeared: Tinted leaves of autumn.

西行も芭蕉同様、人生を旅と句作に生きた。西行は、しばしば野宿あるいは、落ち葉の舞う中で庇の下で寝なければならなかった。

蕪村の現代性は美点でもあり、また欠点でもあった。芭蕉は、どこか古風な感じがする。おそらく彼の弟子たちにとってもそう映ったことだろう。ただ、古風というのは時代性のことではなく、精神のことである。ホーマーは古風ではない。トーマス・ハーディは古風だ。常に新しいことは美徳であるが、今、すなわちこの本が出る一九六三年だけに限って新しいというのでは欠陥だ。つまり、現代の俳人のように詠むこともある蕪村だが、はからずもそこに詩人の本性が姿をあらわすこともある。蕪村はミルトンのように神やサタンやサムソンの中に自分を具象化するのでも、ワーズワスのように自己崇拝的になることもない。むしろ、ラムの精神に依って詠むのだ。このことは以前も指摘しておいた。（P.86－87）

月見舟きせるを落す浅瀬かな
（つきみぶね　きせるをおとす　あさせかな）
The moon-viewing boat; I dropped my pipe Into the river shallows.

俳人が月見にでかけ、詩的情緒にひたるため、煙管をふかしたが、彼が得たもの、そして忘れられぬものはどちらでもなく、川の浅瀬である。

蚊遣して宿りうれしや草の月
（かやりして　やどりうれしや　くさのつき）
Happiness on a journey:　The mosquito smudge,　And the moon over the grasses.

蕪村の泊まった宿屋の人が蚊遣火を焚いてくれた。縁側に出ると、野原が広がり、空には夏の月。感謝の気持ち、安らぎ、幸福感がないまぜになり、蕪村にとってすべては詩的である。

淋し身に杖を忘れたりあきの暮
（さびしみに　つえをわすれたり　あきのくれ）
In my loneliness　I forgot my stick somewhere :　An autumn evening.

杖はいわば仲間のようなもので、おそらく他のどの仲間より頼りになる。杖を忘れて、句人自身の孤独そして晩秋の夕暮れの孤独を浮き彫りにする。

枇杷の花鳥もすさめず日くれたり
（びわのはな　とりもすさめず　ひくれたり）
The birds also do not solace themselves With the flowers of the loquat:
Day draws to its close.

不揃いで白い枇杷には鳥もやってこない。蕪村は、冬の晩の自らの心境をかさねて詠ったのだろう。

寒梅を手折るひびきや老が肘
（かんばいを　たおるひびきや　おいがひじ）
Breaking a branch　Off a plum tree in winter, – How it jerks my old elbow!

梅の枝が折れるときの鋭い音に、蕪村は自身の骨の脆さを感じている。

とんぼうや村なつかしき壁の色

（とんぼうや　むらなつかしき　かべのいろ）

The dragonflies,　And the colour of the walls, – My native place, how dear !

とんぼはさっと飛んでいったかと思うと、すぐに戻ってくる。昔からの白壁に夕陽が映える。小さなことだけれど、忘れることのないことばかり。

去年よりまた淋しいぞ秋の暮

（きょねんより　またさびしいぞ　あきのくれ）

Still lonelier　Than last year;　Autumn evening.

蕪村も老いを感じ、秋の暮の寒さもこたえる。昔ながらの友は少なくなり、新しい友ができることもない、それに望んでもいない。

いささかなおひめ乞れぬ暮の秋

（いささかな　おいめこわれぬ　くれのあき）

I was dunned　For a very small sum of money;　The end of autumn.

蕪村は裕福とはほど遠い生活をしてはいたが、この句でにおわせているような貧困に生きていたわけではない。晩年には子供が一人だったこともあり、使用人も雇えるくらいではあった。この句のポイントは最後の「暮の秋」である。

蕪村には最大限に敬愛していた二人の人物がいた。芭蕉と陶淵明である。次の句は芭蕉への思いを表している。

我も死して碑に辺せん枯尾花

（われもしして　ひにほとりせん　かれおばな）

I too, after my death,　Wish to be near this tomb-stone,　Withered miscanthus !

蓑笠の衣鉢つたへて時雨かな

（みのかさの　いはつつたえて　しぐれかな）

The rain garments　And begging bowl are kept here;　Cold winter rain.

大阪の遊行寺で詠んでいる。

冬ちかし時雨の雲もここよりぞ
（ふゆちかし　しぐれのくもも　ここよりぞ）
Winter is near; The rain-clouds also From here, from here!
「ここ」とは、京都の金福寺の芭蕉庵をいう。

芭蕉去ってそののちいまだ年暮れず
（ばしょうさって　そののちいまだ　としくれず）
Basho left us, And since then, The year has not drawn close.

時雨音なくて苔にむかしをしのぶ哉
（しぐれおとなくて　こけにむかしを　しのぶかな）
Cold winter rain falls Without a sound on the moss; How I remember things of the past!

この句は芭蕉が亡くなってから八十年後の一七七四年に大津の義仲寺《ぎちゅうじ》で詠まれた。確かに蕪村が子規より立派な点は、芭蕉が自分よりも偉大であることを知っていたことだ。いっぽう、子規は蕪村の方が優れた詩人であると思っていたふしがある。芭蕉の句で、私のいちばん好きな句を紹介したい。

よくみれば薺花咲く垣根かな
（よくみれば　なずなはなさく　かきねかな）
Looking closely,　A shepherd's purse is blooming　Under the hedge.

いっぽう私自身が、蕪村の最高傑作と思うのは次の句だ。

白露や茨の刺にひとつづつ
（しらつゆや　いばらのとげに　ひとつづつ）
The white dew;　On each thorn of the bramble A dew-drop.

「刺」は、ほとんど「はり」と読まれているが、私としては「とげ」をとりたい。

五月雨や滄海を衝く濁水

（さみだれや　そうかいをつく　にごりみず）

With the rains of June,　The muddy waters　Dash into the deep blue ocean.

蕪村は詠むのが難しいと思われる状況での俳句が秀逸である。ジェームス・トムソン（スコットランドの詩人。一七〇〇～四八）風の風景描写だ。

歳旦をしたり貌なる俳諧師

（さいたんを　したりがおなる　はいかいし）

The First Day of the Year; A haikai master, With a complacent air.

歳旦とは、正月吉日に門人たちと作った句を披露する会のこと。この句は一七七七年、蕪村七十歳ときの作である。この句は明らかに自らのことを詠っているもので、俳人であり、俳句の師匠たるプライドが見える。

(BUSON II From A History of Haiku Volume One Published on October 3rd 1963 by Hokuseido Shoten.)

仏教とユーモア
Buddhism and Humour

この私の講演の題を、「仏教とユーモア」としました。私にとって、仏教とユーモアの関係は、次の有名な「アラビア人とラクダ」の話に例えられます。

ある寒い夜、一人のアラビア人が外につないでおいたラクダを気の毒に思って「頭をテントの中へ入れてもいいよ」と言いました。ラクダは、喜んで首を入れましたが、そのうちに「寒いから肩を入れてもいいか」と尋ねました。彼は、もちろん「いいとも」と言いました。ラクダは、だんだんとからだを中に入れて、とうとう全部入ってしまいましたので、アラビア人は、外へ出なければならなかった、という話です。私はこの話のテントにあたります。そして、アラビア人は仏教、ラクダはユーモアにあたるのです。そうなると、この題は「仏教とユーモア」というより、「ユーモアの中の仏教」とすべきだったかもしれません。

さて、本論に入りますが、私はこの講演のテーマを三つに分けたいと思います。第一は、宗教とユーモアの一般的な関係。すなわち、仏教とユーモアは対立していること。第二は、日本文学に見られる仏教のユーモラスな批評、そして第三に、仏教のエッセンスとしてのユーモアです。

宗教は私たちに世界を征服する方法を教えます。たとえそれが、浄土真宗におけるように、服従であっても、あるいは、ヒンズー教のように宇宙の魂との再結合という形であってもです。庶民的な仏教は、弱き者や愚かなる者のためにあって、彼らをこの世から西方浄土や天国へ逃避させます。けれども、ユーモアは、この世から離れるものではありません。お釈迦様がおっしゃったように、私たちは私たちが欲しいと思うものを持つことはできません。私たちが欲しくないものを持たなければならないのです。ユーモアは（宗教のように）それによって、私たちをこのような世の中から逃避させるものではありません。それがあれば、天国へ昇っていけるものでもなく、また、より良い世界へ行けるわけでもないのです。むしろ、生命の、苦しい逆説を笑うことによって、この俗世界を征服するものなのです。私たちは、俗世界を笑うことによって俗世界を征服します。私たちは、俗世界を笑うことができる限り、それを征服することができるのです。ですから、ユーモアは、いってみれば一つの宗教というより、むしろ宗教そのものではないでしょうか。ユーモアは、無意識の意志とも言うべき意志に属しています。そして、その意志は、コミュニズムや、デモクラシー、仏教や、キリスト教やその他の意志、すなわち、宗教に対抗しています。

仏教は、キリスト教と同様にこの世を憎みます。すなわち、キリスト教では、この世を、肉や悪魔と同じところに置いています。仏教では、この世は苦悩であり、私たちが憎むものなのです。ひねくれているキリスト教や仏教のいずれも、私たちに、私たちの憎むもの、私たちの敵、私たちを困らせるものや人を愛せと言っています。反対にユーモアは、私たちの敵や、神や、悪魔や私たち自身を、私たちが笑うことができる対象にしてしまうものなのです。　笑うことは真に愛することです。ハムレットやオセロ、デスデモーナには、それが良く示されています。彼らのユーモアのない愛は、かの悲劇を引き起こしました。

もし、私が考えるように、ユーモアが宇宙の本性、生命の根源、生命の目的であるとすれば、ユーモアとキリスト教や仏教の対立は、それらに深みも宗教性もないことをはからずも示すことになるのです。もちろん、もし私たちがまじめにユーモアの重要性を主張すれば、その時、すでにユーモアそれ自身はなくなってしまい、もうひとつの宗教、もうひとつの学説になってしまうのです。要するに私の言いたいことは、世界観の良し悪しではなく、その世界観がどんなにユーモラスであるかということです。むしろ、理論が良ければ良いほど、また、真実であればあるほど、それはかえって危険だと言えましょう。私が、国際基督教大学とか、赤い羽根や学校の修身、あるいは勲章、仏教についての講義などになんとも言えない嫌悪を感じる理由はこれです。

私は、こういう比較を好みませんが、日本と仏教の関係と、英国とキリスト教の関係にはいくらか似ているところがあると思います。イギリスにおける、キリスト教の歴史は、ユダヤ人や昔のヨーロッパ人の熱狂的心酔や、宗教的英雄崇拝の中に、だんだんとアングロサクソンのユーモアが加わってきた歴史です。だから、例えば、ノアの話にノアとその妻の夫婦喧嘩が加わったし、キリストの誕生に羊泥棒も加わったのです。キリストやソクラテスや釈迦は、世を救うという誇大妄想狂で、救われない人を救いたいと思い、教えられない人々を教えたいと思ったのです。しかし、人を脅かしたり、怖がらせたり、辱めたりしても、彼らを天国へ行かせることはできません。明治生まれの川柳作家、井上剣花坊の句を紹介しましょう。

ソクラテス死刑　孔子失業　釈迦行倒れ（剣花坊）

ここで第二番目の日本文学に見られる仏教のユーモラスな批評について述べてみましょう。仏教はもちろんインドでも批判されたし、また中国でも数回の迫害にあってきました。例えば、九世紀には中国唐代を代表する文章家、韓愈は、時の皇帝に出した仏教を禁止すべきとの嘆願書の中で次のように述べています。

「仏教は古代には知られていない野蛮人の宗教です。釈迦は、親にも、王様にも彼の義務を果たしませんでした。王様はこの人の乾いた骨、死骸の汚れた一片をあなたに捧げることをお許しになりました。私は王様にこの骨を死刑執行人の所へ送り、水か火の中に投げ込ませるようにお願いします。そして、もし釈迦がそれを知って何かをすることができるなら、その時こそ、この私、韓愈が、王様のなさったことの全責任を負って、彼の復讐を受けましょう」と、不思議にユーモラスな批評をしました。

日本では、九世紀の始めに神道と仏教とは併合されましたが、千年ほどたってから、本居宣長や平田篤胤の新神道は、独身主義と遁世のインドの考え方に反対し、むしろ中国の孔子の説く忠孝の道を選んだのです。孔子と同様にユーモアのセンスが欠けていたので、彼らの仏教批判も価値のないものです。

仏教についてのユーモラスな批評は、日本文学のいたるところに見出すことができます。万葉集に、今昔物語に、十訓抄に、徒然草に、狂言に、民謡に、諺に、狂歌に、狂詩に、川柳に、小話に。そのうち、今日はその例として、民謡と諺と川柳だけをとりあげてみたいと思います。

日本中にたくさんの民謡がありますが、その中には山城の子守歌のようにお坊さんの名を汚すような例があります。

寺の坊さん、ばくちが好きで阿弥陀如来さんを質におく、質におく。

次にあげる美濃の遊戯歌は非常に詩的で、感じやすい年ごろに家を離れている若い坊さんの生活に対する思いやりが表れています。

森の間からお寺が見えるお寺寂しや小僧一人。

次にアメリカの詩人、ジェームズ・ライリーの「雲雀」と越後地方の「さんかい節」とを比べてみましょう。

前者は、

雲雀よ、お前がなかぬと、夜が明けぬ

後者は、

はぁーい、夜が明けた　寺の鐘打ち坊主や
お前のおかげで夜が明けた。

次の例は、陸奥地方の地蔵舞歌です。

何か、かにか、出そうだ。
何か、かにか、出そうだ。
何舞と、かに舞と、地蔵舞と、はやそうな。

地蔵、地蔵よ、地蔵は尊だから、何して鼠にかじられべ。
鼠こそ地蔵よ、鼠こそ地蔵なら、何して猫に食われべ。
猫こそ地蔵よ、猫こそ地蔵なら、何して犬に負けべ。
犬こそ地蔵よ、犬こそ地蔵なら、何して野火にまかれべ。
野火こそ地蔵よ、野火こそ地蔵なら、何して水に消されべ。
水こそ地蔵よ、水こそ地蔵なら、何して人に飲まれべ。
人こそ地蔵よ、人こそ地蔵なら、何して地蔵を拝むべ。
地蔵こそ地蔵よ、地蔵舞を見さえな、地蔵舞を見さえな。

仏教から借りてきた諺は、狂歌や川柳に詠まれた文学的な人たちの仏教についての個人的な批評よりもはるかに興味深いものです。なぜならば、仏教の良いところと悪いところや、仏教のどこが面白いのかがうまく表現されているからです。次にあげる例は、みなさんに親しみのあるものばかりだと思われますが、私はここで、もう一度みなさんにこれらのものを見直していただきたいと思うのです。すなわち、仏教の中にひそんでいるユーモアという観点から、そしてまた一方では、すでに古代の日本人が、それらのユーモアに、さらに自分たちのユーモアを加えた結果として、こういうものがあるということを見ていただきたいのです。

阿弥陀も金で光る。

仏様は力です。お金も力です。ですから仏様は金です。

外面如菩薩　内心如夜叉。

これはよく女の人のことに使われますが、大自然についても同じだと思います。

雪隠（せっちん）**と持仏**（じぶつ）　**なくてはならぬもの。**

どちらも同じように必要なものです。

提婆（だいば）**が悪も観音の慈悲**
槃特（はんどく）**が愚痴も文殊の知恵**

これは能楽の卒塔婆小町に出てくるものです。提婆は五つの罪を犯し、釈迦を傷つけようと地獄に落ちていきました。槃特は非常に馬鹿で忘れっぽくて、釈迦の言ったことを全然覚えていることが出来ませんでした。この諺の意味していることは、悪は善であり、迷いは悟りであるということです。

済（な）す時の閻魔顔（えんまがお）貰う時の地蔵顔（じぞうがお）

私たちの人間性こそ仏性そのものです。そしてそれがこのような態度をとらせるのです。ですからこのように見えてもいいし、また、こうあるべきではないでしょうか。

猫に石仏（いしぼとけ）

仏教とたいていの人との関係もそんなものです。

仏も下駄も同じ木のきれ

これは非常にうまい比喩です。なぜなら、木のきれは仏です。下駄も仏です。木で作った仏像も仏です。そして仏も仏です。

仏をなおすと鼻を欠く

どんな改善も実際はこんなものです。

我仏尊（わがほとけとうとし）

特にキリストと釈迦はこの迷いを持っていました。

朝題目に、夕べ念仏

団扇太鼓を打ちながら南無妙法蓮華経を称えるのは、朝の活気や若い人たちにはふさわしいです。南無阿弥陀仏は、静かな夕方やお年寄りにむいています。

次の例は旧約聖書にも同じようなものがあります。

衣染めんより心を染めよ

ヨエル書第二章では

汝ら衣を裂かずして心を裂き

と言っています。

次に川柳について話してみましょう。川柳は、諺より批評的ですが、侮辱的ではありません。それは、日本人の性格の礼儀正しくも破壊的な要素やニヒリズムを示していますが、それと同時に、彼等の真理への深い愛や、感傷、偽善、うそ偽りに対する尻込みも示しています。そして笑い飛ばすことのできないものに対しては、沈黙の尊敬を保っています。

次の古川柳は、私の最も好きな川柳のうちのひとつです。

辻斬りを見ておはします地蔵尊（古）

地蔵さまは、かわいそうな人を助けもしないで、また、悪い奴を罰することなく、ただ黙って見ています。神様は私たちの苦しみを悲しんで見ているのでもなく、また、喜んで見ているのでもなく、そうかと言って、無関心でいるのでもなく、ただ興味深く眺めています。

シェイクスピアの『マクベス』の中に出てくるマルコムも、妻や子がマクベスによって惨殺されたと聞いて、

「天はそれを見ていて、彼らの味方にはならなかったのか！」と言って嘆きました。

川柳は、仏教やキリスト教と違って神や仏に何も頼みません。次の川柳を見てください。

神仏に手前勝手を申し上げ

これには、信仰者のずうずうしさと、川柳の謙遜さが見られます。釈迦の仏像は、天と地、すなわち、全宇宙を指さしています。釈迦は、私たち人間はみな、釈迦と同様に、この広大な宇宙に、つながりを持っているのだと教えています。江戸時代前期の俳人、山口素堂《そどう》の有名な俳句に、

目に青葉　山時鳥　初鰹

というのがありますが、川柳はこれを借りて、

誕生の指は鰹とほととぎす

と誕生仏の指を持ち出してもじっています。

川柳では、天のほととぎすと地の鰹でしかないのです。実際、私たちは、ほととぎすを聞き、鰹を食べ、そして死んでしまうのです。

死ぬことも忘れていてもみんな死に（辨天子）

いつまでも生きている気の顔ばかり（古）

これらは経に説かれている死よりもずっと真実味があります。川柳の眼から見れば、宗教などは、ただ爺さん婆さんの信ずる迷信に過ぎないのです。アメリカの思想家、ソローは、「教会の鐘が鳴ると、信仰のない奴等がぞろぞろ集まってくる」と言っていますが、次の川柳はこれによく似たことを詠んだものです。

御談義は聞きたし嫁もいびりたし（古）

この姑のような種類の人間は特に宗教に興味を持ちます。また、川柳は宗教より、自然を愛するものです。次の川柳をご覧ください。

仏壇に日が射し込むと安く見え（小太郎）

仏教がいくら尊い、ありがたいものであっても、大自然の良さには敵いません。次の句では、仏教を宗教的に使うばかりでなく、現実的にまた自然的に使ってもいいと言っています。

折々は火はたきになる石地蔵（古）

この川柳は、人によって違った意味の取り方もあるようですが、私は、村の分かれ道に立っている地蔵様のところで、通りがかりの人が、一休みをして一服する時、お地蔵様の石台を煙管の火はたきにすると言っているのだと思います。次の句も同様のものです。

仏師屋は阿弥陀の首で子をあやし（古）

川柳は、人が尊敬すべきだと言うから尊敬するのではなくて、自分が尊敬できるものだけ尊敬します。そうして、地蔵も阿弥陀も、どんな風に使われても、使われることを喜ぶに違いないのです。この意味から言えば、川柳と地蔵や阿弥陀の気持ちとは一致していると言えます。

あまり晴れ過ぎて葬式小さく行き（川上三太郎）

「葬式は雨、少なくとも、曇りこそよけれ」です。

火葬場の煙も春は長閑なり（古）

川柳には感傷的な誤謬はありません。

信心で見れば桜は散るばかり（緑天）

宗教は、あまりに前屈みで物事の暗い面ばかりしか見ていません。

死顔でやっと人間らしくなり（剣花坊）

私は、剣花坊がこの川柳で意味している事をはっきりとはわかりませんが、恐らく、これは誰でも仏性を持っていると言う仏教の理論を偶然に正当化しているものだと思います。生前の顔にあった貪欲さ、うらみ深さ、卑俗さの下にあった人間らしさが死によって遂に現れたのです。

運慶は仏の屑で飯を炊き（古）

この川柳は皮肉に書かれたものですが、同時に何か象徴的な意味も持っているように思われます。

説教に欠伸まじりの御信仰（乾郎）

多分これも本当の人間性でしょう。

坊さんと道連れとなり悟りそう（向手庵）

同じように、本をこわきにかかえて歩いていたら何か学んだような錯覚を感じることはないでしょうか。江戸時代中期の川柳の句集『柳多留』より十五年早く世に出た俳諧書『武玉川《むたまがわ》』にも、仏教を扱ったものがありますが、そのいくつかをあげてみましょう。

医者に誠を聞いて念仏

イギリスの詩人、シドニー・スミスも言っています。
「その時、ちょうど病気に罹っている人にでなければ、どんな説教も無駄だ」と。

後生願いも生きていたがる

人間の欲望とは矛盾に満ちた考えられないほど貪欲な、まったく超越的なものです。

死にそこなって辞世し直す

作者は辞世をからかっているより、むしろ死そのものをからかっています。

うそが溜まって本堂がたつ

これは本当のことです。特に教会や寺院について言えますが、あらゆる種類の建物、すなわち大学も議事堂も、色々な記念碑もみんなたくさんの嘘から作られたものです。

寺の余情に匂わせる蓮

この作者は、仏教の絶対的真実は香りで寺を飾らなくても、十分に人々を惹きつけるはずだと考えたのだと思われますが、人間は仏教だけで生きるものではありませんし、パン以外の物も欲します。

これから坊さんの話に移りましょう。仏教に限らず、どの宗教でも、教えそのものより、その教えを教える人のことが問題にされます。坊さんの事を詠んだ川柳をあげてみましょう。

口で経　腹でお布施を所化（しょけ）**は読み**（古）

所化とは一般的に修行中の坊さんのことを言います。坊さんだってやはり三度三度食べなければなりません。次の句もこういう坊さんの辛さを詠んだものです。

旦那寺　喰わせておいてさてと言う（古）

ご馳走になった後で、お布施が欲しいと言われれば、ちょっと断りにくいですからね。次に、年とった坊さんのことを少し見てみましょう。

年寄って法衣の色は若くなり

体が弱くなればなるほど、衣の色は強くなり、悟りが多くなればなるほど、余生は少なくなります。次に、平家物語や歌舞伎、謡曲などで有名な、あの袈裟御前を殺して出家した僧、文覚上人と、一休禅師のことを詠んだ川柳を見てみましょう。

文覚と一休あたまにてすすめ（古）

十二世紀、文覚は頼朝に、父、義朝のされこうべを出して見せ、平家を破って源氏を興しなさいと勧めました。一方、一休禅師は、正月元旦にやはり、されこうべを出して、

元日は冥途の旅の一里塚　めでたくもあり　めでたくもなし

と言って、人々を諭しました。この川柳は、二人の坊さんが同じされこうべを使って、

一人は「早く行って人を殺せ」、もう一人は「人の命はこんなにつまらないものだよ」と諭しています。こういう二つの違ったものに素早く目をつける川柳家の目は本当に鋭いと思います。

煩悩の袈裟は菩提の善智識

袈裟御前の煩悩によって起こされた文覚の煩悩が、文覚の菩提の導きになったという川柳です。これは禅の「煩悩即菩提」の教えであるわけです。ついでに少し禅について詠んだものをあげましょう。

禅宗は座禅がすむと蚤をとり（古）

この坊さんは座禅をしている間、蚤のことばかり考えていて、座禅が終った途端、気が狂わんばかりに蚤を取りました。

げじげじに座禅の和尚は飛上り（剣花坊）

作者、剣花坊は、この和尚が小さなげじげじを怖がって飛上るのを見て、まだ悟りが足りないと思っているようですが、それは間違いです。釈迦でも、げじげじが出れば飛上るはずです。私たちは、死が来たら、落ち着いて受けるべきですが、げじげじなら、落ち着いて咬まれるのではなく、すぐ逃げるべきです。

座禅堂倦いたと見えてみんな留守（剣花坊）

これは、常に無知や誤解に基づく、禅の批評よりもずっと正当なものです。座禅は方法ではなくて、それ自身が目的なのです。しかも、座禅堂は、あたかも、悟った禅僧は座禅をする必要がないかの如く、また、悟りのない禅僧は悟らなくてもかまわないかのごとく、空っぽです。

和尚無口　話せば禅に徹しきり（秋外）

私はちょうどこんな感じです。けれども、これは本当の禅ではありません。すなわち、禅以外の事を何でも話すのが本当の禅です。

色男でも坊主だけ弱みなり

これは普通の見方を裏返しているようです。『枕草子』にもう一つの反対があります。

「説経の講師は顔よき。講師の顔をつとまもらへたるこそ、その説くことの尊さも覚ゆれ。ひが目しつれば、ふと忘るるに、にくげなるは、罪や得らんとおぼゆ」

（注　説教の講師はイケメンのほうがよい。講師の顔に見とれるぐらいのほうが、仏話のありがたみもわかるというもの。よそ見していると、聞いたことをすぐに忘れてしまうから、不細工な顔の講師の説話を聞くと、説話をきちんと聞けずに罪を犯してしまうような気分になる）

キリストによく似た男橋に寝る（けん一）

銀行の頭取や法王に決して似ていないのは不思議なことです。

厠から江湖の僧の笑って出

江湖の僧とは禅の発祥地である江西省の僧のことで、例えば西暦七八八年に没した唐代の禅僧、馬祖はそこに住んでいました。禅僧が便所からいやにすまして出てきました。おそらく彼は与えられた問題の良い解答を得たのでしょう。

寂寞として和尚大口

動かないことと沈黙とは東洋の理想的なことです。けれども、坊さんだって、欠伸をする時には、それらの不動や沈黙が退屈なものだと感じているのかもしれません。

鏡を見ぬのが僧のたしなみ（武玉川）

普通の人は、鏡を見て、自尊や他の人の尊敬を失ってもいいかもしれませんが、坊さんがそうなったら、もう坊さんではありません。

最後に、「仏教のエッセンスとしてのユーモア」です。

中国人や日本人は無意識にでも、仏教の中にはユーモアがあると感じてきました。このインドのユーモアは哲学的でした。例えば、逆説や、否定や、否定の否定や、あるいは、差別即平等、平等即差別です。中国人や朝鮮人や日本人は、インドの仏教をもっと実際的に、もっと動物らしくしましたので、仏教のユーモアもまた、人間らしくなり、その微妙さが減りませんでした。このユーモアを本当に意識したのは、禅宗においてでした。すなわち、禅の公案は、ユーモアの価値、価値のユーモアを認めています。私はこの頃こう考えるようになりました。中国の老師たちが、自分たちの雲水との関係、すなわち沈黙とか、思わず発する叫びとか、蹴ったり打ったりすることとの関係を考えた時に、このことと、中国にたくさんある滑稽な話との間に何か深い関係があるのではないかと感じていたに違いないと思うのです。その話が逆説的であればあるほど、また、知的に説明出来なければ出来ないほど、この両者の類似は大きいのです。滑稽な話の根底にある宇宙的な、あるいは人間的な残虐性は彼らを惹きつけるに違いありません。すなわち、悟りの爆発的な急激性は、笑いの急激性との類似によって彼らを打つはずです。この笑いもまた、一種の弱いそして短時間的な悟り、あるいは、少なくとも、悟りに対する発作的な抵抗とは言えないでしょうか？　例えば、ある人が手を拍ちます。そしてあるひょうきんな人が「もし、片手だけ使ったら、どんな音がするでしょうか」と言います。ある人が答えて「全然音がしません」と。他の人が「半分だけ音がするのでは」。もう一人が「あほらしい！」と言います。けれども、老師は、この最後の答えを特によく考えるでしょう。なぜなら、キリストが言ったように「まことに汝らに告ぐ。もし汝ら翻へりて、愚かなる人のごとくならずば、天国に入るを得じ」。禅的な見方をすれば、もし私たちが片手の音を聞くことができれば、私たちは、生も死も超越してきたのです。そして、しかもなお私たちは両手の音を聞くことができるのです。

例えば、中国の曲芸師が百フィートの棒の先に爪先で立っている時、一人のおどけ者が、「もうちょっとだけ高く！」と叫びます。群衆が笑います。そこにいる石霜和尚も一緒に笑います。そして、彼は寺へ帰って雲水たちに四百年の後、南宋時代の僧、無門慧開が編んだ禅の公案書、無門関の四十六則になった問題を出します。すなわち、石霜和尚が曰く、「百尺の竿頭如何か歩を進めん」また、古徳曰く、「百尺の竿頭、坐する底の人、然も得入《とくにゅう》すと雖も、未だ真と為せず、百尺の竿頭に歩を進めて、須らく十万世界に全身を現ずべし」

（注　石霜和尚が言った、「百尺の竿の頭で、どう一歩進めるか」またある古徳が言った、「百尺の竿の頭に座っている人は〔道に〕入ることができたといってもまだホンモノではない。百尺の竿の頭で一歩を進めて、十方世界に〔自己の〕全身を実現せねばならない」）「講談社学術文庫『無門関を読む』秋月龍珉著より」

私はここで、ヨーロッパのこの種のものと比較したいと思います。この比較はあまり公平ではありませんが、その目的とするところは、仏教に対するキリスト教の劣勢を示そうとするのではなく、仏教がキリスト教にくらべて、どんなにユーモアに近いかということ、むしろ、東洋のユーモアが、西洋のユーモアより、ずっと深く考えられたものであるということを明らかにすることです。西洋でも東洋でも、ユーモアの正式な位置は実際非常に低いものですけれども。

十四世紀に作られた話を集めた『ジェスタ・ローマノーラム』（西洋中世今昔物語）は、中世では、イソップやアラビアンナイトのようによく知られていました。それらの話は、牧師たちの話に活気を添えるために、あるいは、修道院の食堂での食事を和やかにするために話されたものです。一八一話のどの話も宗教的な教訓は持ってはいますが、ユーモラスなものはほとんどありません。その少ない中から、次に一つをあげてみましょう。

ヴァレリアスの語るところによれば、バレティヌスという男が、ある日突然泣き出した。

そして、彼の息子とその隣人の多くを彼のそばに呼び寄せて、次のようなことを言ったそうだ。「私は、今、私の庭園の不吉の樹がだんだん成長してくるのを見て、悲しくて悲しくてどうすることもできぬ。この樹木こそは、私の最初の妻が憐れにも、首をくくって死んだ樹である。それから引き続いて、私の第二、第三の妻も、この樹で首をくくって死んだ。だから、私が、今、悲観するのも無理はないでしょう」アリウスという者はこう答えた。「さようなわけですか。しかし、こういう世にも珍しい幸福事を貴殿はなぜ、そのように悲しまれるのですか。私には、むしろその理由がわかりません。なにとぞ、あの縁起の良い樹木の枝を二、三本分けてください。私はそれをもらって私の隣人に分配してやって、以後、皆の者で、その妻に立派な考えを起こさせる機会をつくりたいと思います」

バレティヌスはこの願いを許した。

この事があってから後、永久にこの樹木が有名なものとなって、また、それが彼の財産の中で最も効率がいいものとなったのである。

この話の教訓は独断的ですが、次のように書かれている。

「可憐なるものよ、この樹木で縊死した三人の妻は、驕慢、心の快楽、目の快楽に溺れたのであって、これらの欲望は、このような方法で宙にぶら下がって、殺されてしまうべきはずのものである。また、この樹木の枝を分けてもらいたいと申し出た男は、善良なるキリスト教信者のことである」

この説明は非常に空想的です。そしてこの話の本当のポイントは、すべての男性は妻の死を望み、妻は夫の死を望んでいるということです。我々は変化や死を望んでいるのです。しかし、このことはまったく無視されています。

前にも申し上げたように、あまり公平ではありませんが、この話と『ジェスタ・ローマノーラム』より一世紀以上も早く世に出た『無門関』のひとつと比較してみましょう。第五則に、やはり木についての次のような話があります。

香厳（きょうげん）和尚曰く、人の樹に上るが如く、口に樹枝をふくみ、手に枝をよじず、脚に樹を踏まず。樹下に人有って西来意を問わんに、応えずんば即ち他の所問（しょもん）に背く。もし応えなば又、喪身失命（しつみょう）せん。正恁磨（しょういんも）の時、作磨生（そもさんか）応へん。

（注　香厳和尚は言った、「［禅の大事は］、人が樹にのぼるようなものだ。口で樹の枝をくわえてぶらさがり、手は枝をつかまず、足も樹をふんでいない。そんなとき樹の下に人がいて、『達磨がインドからやってきた心神は何か』」と尋ねたとしたら、もし答えなければ彼の質問に背くことになるし、もし答えたら樹から落ちて身命を失うことになろう。まさにこのようなとき、どう答えるか」

「講談社学術文庫『無門関を読む』秋月龍珉著より」

この話のポイントは、樹に下がっている僧は自殺をしてもいけないし、質問をした人を救うことを拒否しても、どちらにしてもいけないということです。私たちは、この両者と超越的に、しかも、それを行うときは、そのいかなる瞬間でも相対的にしなければなりません。ひとつのことを選ぶと同時に両方を選ばなければなりません。そして、両方を選んだ時、私達は、僧の苦境を笑うのです。しかし、この悟ったように見える状態は外見ほど悟っているのではありません。というのは、私たちは、ただ笑っているだけで、行為をしているのではないからです。それでは、悟りと笑いの違いは何かというと、笑いは絶対的であり、相対的ではなく、悟りは、すなわち、真の行為は、両者であるということです。

『無門関』は『碧巌録』よりはるかに笑いの泉です。白隠禅師や、いや、むしろ仙厓禅師は無門関に挿絵を入れることができたはずですし、描くべきでした。四十八則のうち、半分は、明らかにユーモラスです。そしてあとの半分には、ユーモアが潜んでいます。驚くべきは、第二十一則の糞尿的ユーモアです。

雲門因みに僧問う、如何なるが是れ仏

門曰く、乾屎厥（かんしけつ）

（注　雲門は、僧が「仏とは、どんなものですか」と尋ねたので、
「乾いた棒状の糞だ」と答えた。
「講談社学術文庫　『無門関を読む』秋月龍珉著より」

この長い棒は、その上にまたがって、尻をふいたものと言われています。食べること（そしてすべての他のことも）の様に、排泄するということはおかしなことです。しかも、他のどんなことよりもおかしなことでしょう。

仏教、キリスト教のエッセンスは、何かというと、私たちは誰でも「仏性」すなわち「神性」を持っているということです。

銀座や競馬場や、ブロードウェイに行って、そこに集まっている人々を見てごらんなさい。彼等だって仏性はありますね。真の仏教はユーモアです。真のユーモアは仏教です。

（浅草寺教化部　仏教文化講座　一九五九年七月二十三日
於　日本橋安田生命）

文化についての考察
Thoughts on Culture

私たちが文化について考えることは、魚が自分の住んでいる水について考えるようなものです。なぜなら、文化のどの瞬間も、人生の一瞬、そして人間であることの一瞬であるからです。ハムレットは亡霊に、

心うごかぬようなら、冥府を流れる物忘れ川の堤に生い
そのまま無為に朽ちていく雑種同然の頼みにならぬ男
（『ハムレット』第一幕五場）（『ハムレット』福田恒存訳　新潮社刊）

と指摘され、自分の鈍感さに気付きますが、通常私たちは、同様の無自覚な、一瞬一瞬の自覚とはかけ離れた生活を過ごしているのです。

多くの人は、たとえば日本では、『源氏物語』や『論語』を少し読み、英文法と読解を数年学ぶことが文化だと思っているのではないでしょうか。あるいは、『源氏物語』や『論語』を全部読んで、英国人のように英語を話すことを学べば、それが文化だと考える人はもっと多いかもしれません。中には、文化が科学と同義であり、電話、ラジオ、自動車を完備した合理的な近代生活であると考える人もいます。さらに、美術館、博物館や画廊、コンサートなどに足しげく通うことが文化人の証だと考える人もいます。しかし、無学でも、精神的価値の高い生活を送っている人がいる一方で、大学教授でありながら何の文化も持ち合わせない人がいることを思い起こすと、文化とは教育ではなく、人生の香り、花であり、智恵のように、言葉では言い表せない何かだということがわかります。暮れなずむ夕空をじっと眺めた時のような。あるいは、「それがどこから来て、どこへ行くのかを知らない」、と聖書（『ヨハネ伝』三章八節）にあるような。

文化について最も重要なポイントをおさえた文章を書いた二人の英国人は、ウォルター・ペイターとマシュー・アーノルドです。後者の考え方はより広く、前者のそれはより強烈です。アーノルドは文化を次のように定義しています。

世界で考えられ語られた最高のものを知ることで完璧を目指すこと。
そして、これらを知ることを通じて、
固定観念や惰性に新鮮で自由な考えをながしこむこと。

（『文化とアナキー』）

ここで留意すべき点が三つあります。第一に、文化のためには、私たち自身の直接の経験や本などから得た二次的な経験は、日常生活や思考に生かされなければなりません。第二に、目指すべき「完璧」とは、調和のとれた個人としての完璧であると同時に、社会的存在として発展を遂げ、神の意志を地上に実現することです。第三に、そして最も重要なことは、文化とは完璧であることではなく、完璧の追求だということです。それは動いて生きている何かであり、完成されておらず、何かを保有していることや静止していることではなく、成長し自ら成るものだということです。重要なのは答えではなく、問いなのです。答えとは、問いの中にある命が死ぬことに他なりません。

ペイターは、「閃きの瞬間（moments of vision）」（英国の詩人・小説家、トーマス・ハーディの詩集のタイトル）や、やはり英国の詩人、ワーズワスの言葉として知られる「原体験（spots of time）＝人生のある瞬間に経験する、生きる力を与える体験」の重要性を強調しすぎているかもしれません。しかし、文化が人間精神に役立つゆえんは、「人間精神を目醒めさせ驚かせることによって、絶えず熱心にものを観る生活をもたらすこと」であるというペイターは、動いているが連続しているという文化の性質に注目します。さらに「この硬い宝石のような炎を常にもやし、この恍惚感を維持することができれば、人生はしめたもの」と述べています。この炎の硬さが立ち向かうのは、完璧でないもの、言わずもがなのことを言うもの、洗練過剰なもの、粗雑なもの、同情や賞賛を求めるもの、これらすべてです。

生き物のようであり、予測不能であり、個別でありながら普遍的であるという文化の性質をさらにはっきり示してくれる作家は、D・H・ローレンスです。手紙の中で、彼はいつになく国の枠を超えた口調でこう書いています。

ロープが切れたら片方の端で結び目を作っても意味がない。……
この空間では片手では不十分。
空間の反対側からもう一方の手を握りしめて橋を作る必要がある。
こうして、黒い手と白い手が結びつくというわけだ。

ローレンスが言いたいのは、人類は東洋と西洋に分断されているのだということです。そうなると、日本人が日本人として自分を完成させても意味がなく、まだ半人前にすぎないということです。同様に「一〇〇パーセント、アメリカ人」というのも、人間としては半人前ということになります。(これが、私たちがエキゾチックなものを好む深層の理由であることは間違いありません)。日本や中国の学校で最初に学ぶべき外国語は英語やドイツ語です。同じ理由で、英国の学校では、中国語か日本語を第一外国語にすべきです。芭蕉、一茶、白楽天を読まないことで、英国の少年少女がどれだけ損をしているかと思うと、とても悲しくなります。

まったく違う言語や文学を勉強するとき、私たちが行うべきは、共通点と相違点、馴染みのあるものと見知らぬものを見つけることです。例えば、日本の学生はエマーソン（ラルフ・W・エマーソン、十九世紀の米国の哲学者）にもう一人の荘子を見いだし、ヘンリー・D・ソローには俳人たちを強く思い浮かべます。しかし、ホイットマン（ウォルト・ホイットマン、十九世紀の米国の詩人、ジャーナリスト）には、宇宙的な意識、直感や意見の、国家の枠を超えた独立性を見つけます。それは日本の学生にとって新しい発見です。英国人にとって万葉集の叙情性は馴染みのものですが、一茶の蚤《のみ》や虱《しらみ》への深い共感はまったくの驚きです。例えば、こんな句があります。

蚤どもも夜長だろうぞ寂しかろ

私たちが文化的に成長していく過程で、東洋と西洋の思考や経験の間を移動するとき、一方が他方を説明し、それぞれ対照的にお互いを補完し、明らかにすることになります。いろいろな違いと同時に秘められた共通性が見つかり、私たちを楽しませてくれます。私たちは、中央メキシコの彫刻の動物的な激しさから、仏像の超越的な静けさまで、熱帯原生林の湿地からロンドンのパークレーンのアスファルトまで、あらゆる場所でくつろぐことができるのです。

太陽が訪れるすべての場所は、
賢者には良き港、幸せな安息所（『リチャードII世』一幕三場）

シュペングラー（オスヴァルト・シュペングラー、ドイツの哲学者、歴史学者。一八八〇～一九三六）の『西洋の没落』（初版一九一八年刊）の価値と影響（少なくとも一部の人々に対する）をどれほど強調してもしすぎることはありません。この大作には、極めて重要な思想がいくつか盛り込まれています。特に私たちは、まず次のような箇所に目が行くかもしれません。

ここでは内面的な抑えがたい衝動を隠す仮面が、
いつものことではあるが、必需品として求められている。
（『西洋の没落』第七章）

ニューヨークには多くの摩天楼があります。なぜでしょうか？
通常の答えは、土地が不足しているため、外側に向かってより上に向かって建てる方が便利で安いからというものです。しかし、シュペングラーの答えは違います。それは、本当の理由を隠している言い訳だというのです。彼によれば、それは無限への希求であり、広大で無限無辺なものへの希求です。より簡単に言えば、それは何においても一番でないと気がすまないアメリカ人の一つの表現なのです。別の例は、スティーヴンソン（英国の小説家）の短編小説、『水車小屋のウィル（Will O' The Mill）』に見られます。ヨーロッパの南と西に向かった蛮族の大移動や新世界の発見のような大きな動きは、しばしば食糧や金への欲望に起因するものとされてきましたが、スティーヴンソンはまさしくこれを「退屈で哀れな説明」と呼び、実はそれは人類が有する「神に授けられた不安（divine unrest）」に起因するものだったとしています。

これはシュペングラーのもう一つの考えにつながります。文化は、作者によって創造された瞬間にのみ実際に生き、生気を放つもので（あるいは、読者または聴き手がこれを追体験する時も同様であるが、その鮮烈さは、ずっと小さいものになる）、私たちが通常、文化と呼んでいるもの、書物や彫刻などは、単なる化石であり、旅人が過ぎ去った後の岸辺に残された足跡にすぎないというのです。

そして私たちはローレンスが拡大、発展させた文化についての考えを知っています。それは、文化とは心よりもむしろ身体的なものであり、心がある考え方をとるのは、身体がそうさせるべく意図しているからだというのです。さらに、シュペングラーは、彼の言うところの「運命」と自然界における「因果」とを明確に区別しています。私たちが「文化」と呼んでいるのは、この人生、この世界における運命と共に生きることです。この世界の因果関係は知性によって把握され供給されるものです。直感こそが、いかに不確実で恣意的に見えたとしても、物事の意味を私たちに与えてくれるのです。そして、ここで言う「意味」、すなわちこの運命を知覚するとは、何かを理解することではなく、私たちが本質的に無知なのだと自覚することです。それは知識を手放すことです。そうすると、今まで知っていると思っていたことが、驚きの対象に変わります。したがって、文化とは「驚き」の生活に他なりません。それはアーノルドがまさしく完璧の追求と呼んでいるものです。教育や獲得した知識があろうがなかろうが、私たちが立ち止まって停滞しているのなら、そこに文化は存在しません。タキシードを着ていても、猿は依然として猿なのです。

最後にシュペングラーは私たちに、微分学とルイ十四世時代の王朝の政治原理、古代ギリシア・ローマの都市国家とユークリッド幾何学、西洋の油絵の遠近法と鉄道、電話、長距離兵器、対位法の音楽と信用経済学など、さまざまな現象を統合する秘密の生命を示します。これらの諸現象の深い部分における統一性を感得するとき、私たちの文化は世界の歴史と同じく広大になり、その中には神のようなものが宿ります。私たちは物事すべてを包摂することができ、不寛容な人や反動的な人のほか、機械的で破壊的なものを盲目的に求める人々に対してでさえ、シェイクスピア流の仲間意識を持てるようになるでしょう。最後に挙げたような人たちの数は、時代が進み、世界が年老いて、アルフレッド・テニスンのうたう万物が絶滅する「遥かな聖なる結末」に近づくにつれ、間違いなく増加するでしょう。

ローレンスを読むと、人生を愛する者と文学だけを愛する者とに見られる、本当の文化と偽りの文化との違いが深く感じられます。後者は、ジョン・キーツの詩の一節を借りれば、「耳に届かぬメロディ」を好み、「足元の花を見ることもできず」見たいとも思わぬ人たちです。最悪の場合、彼らは衒学者ですが、最善の場合でさえ、芸術を現実の固い塊であるかのように見ています。本来、芸術は神秘を隠すものではなく、それを明らかにできるような透明な仮面でなくてはならないのです。彼らのエッセイを読み、彼らの講義を聴くとき、私たちは慰められ、満足しますが、現実世界に踏み出した瞬間、私たちは彼らの「やりかた」が逃避と見せかけであることに気付きます。「人生とは、自分の魂が求めているもの」とローレンスは手紙の中で書いています。

そして、この「求めているもの」は多岐にわたります。多くの文学、芸術、音楽は、求めているもののごく一部です。しかし、それらが私たちの欲求を表現している限り、それらを私たちが欲している限り、それらは人生であり、真の文化ではあります。しかし、欲求にはさまざまな種類があり、人々はいろいろなものを欲しがっています。というより、彼らは自分がそれらを欲していると〈思い込んで〉いるのです。「それはすべて、人が心から信じていないものに服従し、それを黙認していることから生じる」とローレンスは言います。では、私たちは何を望むべきなのでしょうか？

これは、すべての中で最もむずかしい質問です。なぜなら、一方では自然には逆らえず、喜んで従わねばならず、他方では聖アウグスティヌスが言うように、「自然の世界に神の恩恵の世界を築く」ことが求められるからです。私たちはこのように超越することによって達成するのです。食うか食われるかのこの世界を軽蔑しながらも愛さねばならない。なぜなら、これこそ〈われらが世界〉であり、スティーヴンソンの言う、「恐怖の島」にほかならないからです。

ローレンスは、直感的な理解と理性的な理解とは、互いに相容れないものであり、言い換えれば、あるものの美しさを楽しむと同時にそれを知的に、科学的に理解することはできないと教えてくれました。これは間違いなく真実ではありますが、知性にはたとえネガティブな面があるにしても、大きな価値があります。第一に、ブッダもキリストも非常に賢い人だったのは偶然ではありません。鋭く鍛えられた知性を持つものだけが、生きている真理をつかむうえで、知性がどれほど役にたたないかを知っているのです。第二に、信仰（つまり詩）がなければ何もできませんが、英国の哲学者ジョン・クーパー・ポーイスはその著作『文化の意味』の中で、「運命が機械的に決まっているとは信じないからこそ、自由意志を保てるのだ」と言っています。物事を比較する知性なくして、絶対的な真理と偽りを明確に区別することはできないのです。

より現実的な問題は、私たちの文化、つまり判断の「基準」が、親や社会、世論によって反対されたとき、どのように行動するかです。私たちはここでジレンマに陥ります。もし私たちが自らの意見のために闘えば、その過程で私たちの意見は堕落し、衰微し、化石化してしまいます。流れに従って泳げば、最善の場合でも不誠実なものになり、最悪の場合は、世間に合わせた生命力のないものになります。このジレンマに対する回答を自分は持ち合わせていません。ただ言えるのは、現実には、私たちは自らの徳のために憎まれることはなく、そして、自分の善良さのために十字架につけられることもないということです。我々が迫害や敵意を招いてしまうのは、我々の心に潜んでいて、善意の裏に隠れている悪意と破壊性のせいなのでしょう。『水車小屋のウィル』のように、ある種の生きた矛盾とも言える「おしゃべりだが謎めいた若者」になるのも悪いことではありません。最悪の事態になったなら、孔子にならって、次のように言えるかもしれません。

知我者其天乎（我を知る者はそれ天か）（『論語』一四―三七）

文化の起原については、歴史的に考えるよりも、個人に即して考える方が有益かもしれません。通常、成長期の少年少女が人間性に目覚めるのは、ある種の体験がきっかけになります。それは、春に自然のままに生い茂る、柔らかでフカフカした草であるかもしれません。あるいは、友人の温かさ、スティーヴンソンが描いた少女のような、一歩退いた温かさであるかもしれません。

そのひと美しく身を持し、何も疑わず、何も望まず、
ただ安らぎに身を包むなり（『水車小屋のウィル』）

ある者はキーツの『秋に寄せる頌歌』や、ヘンデルの『ラルゴ』から、また他の者は顕微鏡や望遠鏡、試験管を通してメレディス（ジョージ・メレディス、十九世紀の英国の小説家、詩人）が『星影のルシファー』の中で言う、「不変の法則の軍隊」の姿が忽然として現れるのを見るのです。すべての人にソローの助言を与えなければなりません。

あなたの気質の中で最高のものをできるだけ早く見つけて、残りをそれらに合うように形作りなさい。前者はあなたという葉の葉脈になります。（『一八五九年』）

どこからきたものであるにせよ、こうした体験は生気と方向性を与えるというか、むしろ、どの方向に向かって生きるべきかを明らかにしてくれるものです。それによって、少年少女の人生のパターンが決定されます。彼らの人生の成否はいくぶんかは環境に、いくぶんかは、自由意志（こう呼ぶのが正しいかはさておいて）と呼ばれるものに左右されます。文化とは、こうした非常に深く、忘れがたい瞬間の体験の数々と、日常生活における平凡な仕事の繰り返しとの統合です。この両者が切り離されている場合、日常生活は、過酷な労役を強いる監獄のようになる一方、文化は、単にコンサートに行くこと、美術館を訪問すること、「良い本」を読むことに堕してしまいます。

しかし、文学から私たちは常に自然に戻らなければなりません。人間が感嘆することによってもいささかも損なわれることのない自然に。芭蕉は詠《うた》います。

たはみては雪まつ竹のけしきかな

Bending over, The bamboo seems waiting For the snow.

すべての木、すべての丘は、悲劇的な意味を有しています。こうした意味は、私たち人間によって与えられたのではなく、木や丘自身に潜在しているものです。これは、木や丘が人間自身の中に潜在しているのと同様です。文化が私たちの生活そのものであれば、引き潮に浜辺の砂が描く模様、葬式の際に感じられる一抹のユーモア、遊びに興じる子供たちに感じられる哀愁、公共の生活の中にある偽善、ワーズワスの言う「何気ない愛や親切」など、これらすべてのものが私たちのパターンに適合し、私たちの心を大きくし、ブレイク（ウィリアム・ブレイク、英国の詩人、画家。

一七五七～一八二七）の言うように「私たちは安全に世界をわたって行く」のです。

文化は世代から世代へと受け継がれていくもので、ハズリット（ウィリアム・ハズリット、英国の批評家、随筆家。一七七八～一八三〇）の言うごとく「宗教的自由と市民的自由の炎を絶やさぬための道筋が確立されている」のです。また、文化は個人的なものであり、模倣や使いふるしは何もありません。そう考えれば、教育と文化がどれほど違うかを理解できます。知識はあっても文化のない人がおり、学問がなくとも詩的な生活を送っている人がいることも分かります。

美、善、真、芸術、道徳、科学などについて人は多くを語りますが、これらは本当は文化ではありません。「物たち」の命を生きているのが文化です。いわゆる無生物の「生命」とは、その本質的な存在であり、それによって「彼らが彼らたらしめられている」と考えられます。別の見方をすれば、文化人である詩人が、岩石、植物、動物、人間、神々など、さまざまな存在の持つ力、等級、価値などを高めていると理解できます。それゆえ、ワーズワスは言います。

私は、街道にころがる石ころにも心をみいだし

石ころを三階級特進させたのです。

また、シェリー（パーシー・ビッシュ・シェリー、一九世紀の英国の詩人）は、星は深海に自分自身の姿を見ると言います。

鋭き星が冬の澄んだ空気を貫き
海の中にわが姿を見つめる

一四世紀の英国詩人チョーサーは言います。

新緑を呼び起こすはナイチンゲール（夜啼き鳥）**なり**（『鳥たちの議会』）

一七世紀のウェールズの詩人、ヘンリー・ヴォーンは、「とるにたらない石」ほど、神をたたえる「感嘆の念は深い」と言っています。普通の人が信じる以上に、ものに生命を与えることを可能にしているのは、詩人の優れたエネルギーです。このように、文化は人生をますます豊かに、実のあるものにします。

ワーズワスは言います。

月はよろこび　かえりみる　空があらわになるとき（『頌歌』II）

「月は本当に喜んでいるのでしょうか」「花は実際に呼吸する空気を楽しんでいますか」とたずねると、正直な人は「いいえ」と答え、ずるい人は「それは詩的には真実だ」と言い抜けるでしょう。これは詩を結局のところ、ぺてん、欺瞞、そして最終的に私たちを心から満足させることのない何かにしてしまいます。私たちは自分の直感を信じて、理性的な異議申し立てにはこう答えなければなりません。

えい、邪魔すれば斬るぞ！（『ハムレット』一幕四場）（福田恒存訳）

道徳的なことだけでなく、詩的な事柄においても、

洞察の時間の中での課題は、その意志あれば、
暗闇の時間の中で達成されるかもしれない。（マシュー・アーノルド）

そして、興奮の瞬間に知覚されたものは、静けさの中で思い出さなければなりません。

シェイクスピアは人生についてこう語ります。

白痴の語る物語、何やら喚きたててはいるが、
何の意味もありはしない。
（『マクベス』五幕五場）（『マクベス』河合祥一郎訳　角川文庫）

これは、殺人者（マクベス）の策略がすべて失敗に終わった時のことだと指摘しても詮ないことです。マクベスの言葉を読めば、それが真実であるのがすぐにわかります。それ自体が証拠だからです。

主はわが牧者なり　われ乏しきことあらじ（『旧約聖書』詩編二三―一）

私たちはそれを疑うことはできません。なぜなら、真実は知的に理解するものでも、無理に信ずるものでもないからです。

文化の命は半分が見いだされ、半分が創造されたものですが、この「半分」に数学的な意味はありません。私たちが物事の中に発見するのは私たち自身の中に存在するものであり、私たちが自由に創造するのは外の世界で決定されるものです。私たちは、人生から抽象化された超越的な究極や原理を求めるべきではなく、宗教的な言い方をするなら、私たちは信仰を持つべきなのです。発見があれば感謝を感じますが、創造する限り、私たちは運命の主人であり、私たちの魂の船長なのです。そして世界を軽蔑と侮蔑でながめ、自然に対しては、こう言います。

逆らってみよ。さらに深い自然に。（ワーズワス『序曲』）

私たちの文化の多くは読書から来ていますが、他のすべての芸術と同様に読書において最も必要なのは、「不信の自発的な中断」（というか、信じようとする自発的な気持ち）と批判的な態度の両方を独特な形で併せ持つことです。私たちは作家に完全に身を委ね、彼の世界に生きますが、作家が残酷になったり、（逆に）感傷的になったり、気取ったり、不誠実になったりした途端、私たちのエネルギーが引くのを感じます。信じようとする気持ちが停止するのがわかります。これは例外なく、すべての作家に当てはまることです。

私たちの主要な義務は、自身の弱さを克服し、運命が私たちのために定めた人生のパターンを構築することです。同時に文化の課す究極の試験があります。その試験に合格できる人はほとんどいないでしょうが、それは、私たちにとって異質なもの（foreign）、つまり「不完全な共感」しか感じ得ない対象を理解し、それを自分のものにできるかという試験です。「foreign」とは、ただ単に「外国の」というだけの意味ではありません。時間や場所の問題ではないのです。例えば、白楽天の詩を読むとき、私たちは自分の父親よりも、精神的にも肉体的にも近いものを感じるかもしれません。しかし、そこには私たち自身のものとは異質な雰囲気があります。いずれが優れているか劣っているかの問題ではなく、モグラと鷹のように単純に異なるのです。そして、これらは、私たちが行くべき道が確立したとき、それにバランスと円満さを与えるために必要となります。結局のところ、私たちの目標は完璧の追求であり、充実であり、すべてを包摂する境地です。そして、私たちが異質なものを同化できないかぎり、これらは常に私たちを少なくとも、かく乱し、時には破滅させ、破壊すべく居残り続けます。ハムレットは疑いの余地なく、自分自身のことを語っています。

個人の場合にもよくあること、もって生まれた弱点というやつだが。もっともこれは当人の罪ではない。誰も自分の意志で生まれてきたわけではないからな、ただ、性分だけで、それがどうしても制しきれず、理性の垣根を越えてのさばりだす。いや、その反対に、ちょっとした魅力も度をすごすと、事なかれ主義の世間のしきたりにはね返される。自然の戯れにせよ、運のせいにもせよ、つまり、それが弱点をもって生まれた人間の宿命なのだが、そうなると、たとえほかにどれほど貴い美徳があろうと、たったひとつの傷のため、世間はこういう男をどうしても容れようとしない。

（『ハムレット』一幕四場）』（福田恒存訳）

ソローの『ウォルデン　森の生活』『コンコード川とメリマック川の一週間』、そして『日記』は、おそらく私が「文化」と呼んでいるものを、あらゆる英文学の中で最も純粋に表現しているでしょう。それは常に現在である過去に属しています。

ムクドリモドキが何千年も前に歌ったように、今宵も歌った。はじめに神はその歌を聴きたまいて、良しとされたので、ずっと続いてきた。それは私に多くの夏の日没、何マイルもの灰色の鉄道レール、どこまでも広がる多くの牧草地、遠くの畑の農家、その牛乳缶と撥ねつるべ、牧草地から帰ってくる牛の多くを思い出させた。

（『一八五九年』）

なんといっても最も高く、最も静謐をたたえているのは、常に存在する「いま」です。

秋の朝など、屋根裏部屋で眠る少年の耳に、無数のスズメの足音が屋根を叩く雨滴のように聞こえている。（『一八五九年』）

もっとも、自然界のほかに人間界があり、ここではシェイクスピアが最高の存在です。彼がいれば国王を見ても、ポン引きの言葉を思い浮かべることができます。

まっこと旦那さん、あっしは貧乏人、こんなことでもして稼がねば。

（『尺には尺を』二幕一場）

乞食を見れば、宝井其角とともに、こう詠むことができます。

乞食かな天地を着たる夏衣

The beggar!　He has Heaven and Earth　For his summer clothes.

ソローは、ホメロスやシェイクスピアが偉大というのではなく、人間が偉大な詩人なのだと言っています。トルストイは『芸術とは何か？』（一八九六年）の中で、大多数の人に理解できないものは本当の芸術ではないと宣言しています。今日、私たちは、エリザベス朝のさまざまな社会階層の入りまじった人々のために書かれたシェイクスピアの戯曲の深遠さに驚いています。一八世紀の浮世絵は大衆向けに制作、販売されましたが、そのような大衆はもはや存在していません。
こんにち、このような状況に至ったのは、商業主義が大衆の趣味を毒したというより、インテリたちの誤った価値観とつまらない技巧に起因していると私は考えます。ローレンスは、「前向きに生きているものには、いつもその隠微な悪意のすべてを向け、理想を装って現実を毒する」輩たち、と語っています。しかし、結局のところ、すべての人をいつまでもだますことはできません。人殺しが隠し通せないように、良きものはいずれは明らかになるのです。

自然には矛盾がありますが、人間はパラドックスそのものです。私たちは心と体、理想と現実、詩と理性、発見と創造、万物の霊長であると同時に万物の下僕であるという二重の世界に住んでいます。そして、人間の生命の冠であり華である文化は、その矛盾から生まれており、文化はその矛盾そのものだと言っていいかもしれません。ウォルト・ホイットマンは言います。

同じであること、異なること、命を産むこと、
いつでもこれらの編み合わせ（『ぼく自身の歌』）

同一性、相違点に次ぐ第三の要素として、意義、意味・文化、「命を産むこと」があり、これらは、ソローの『コンコード川とメリマック川の一週間』の次の節に見られます。

コウノトリは、北の草原のどこかをめざし、
その堂々たる静止飛行を続けた。

「飛行」は動であり、「静止」は、非・動です。この二つが合わさることで、コウノトリの「堂々とした姿」だけでなく、《いのち》そのものの「堂々とした姿」が生まれます。

ユーモアはパラドックスと密接に結びついているもう一つの特質であり、文化を測る試験でもあり、文化そのものでもあります。フランスの哲学者、アンリ・ベルクソンは、「笑うことができるのは人間だけである」と述べています。これは、間違っているか当たり前のことを言っているかのどちらかです。仏教徒にならって「三界唯心」（すべてのものは心が造り出す）、つまり存在するもののすべてに人間がかかわっているからとして「笑いは人間のかかわる領域で見出される」と言うなら、当たり前のことを言っているにすぎません。人間と人間でないものを区別して言うのなら、それは間違っています。ユーモアがすべての俳句の根底にあり、いかに写生的な句であっても、ユーモアがそれらをかすかに色づけていることを思い起こせばそれがわかります。ベートーベンの交響曲の一つが（何番だったか忘れましたが）初演奏された時、「文化とは何か」を示す良い例が示されました。二つの楽章の間に一人の男が登場し、バイオリンを逆さにして演奏し、聴衆とベートーベン自身を大いに楽しませたのです。いわゆる教養人たちの「凡庸さ」がニーチェの怒りを買ったわけですが、本当に教養ある人たちには、何らかの苛立ちや悪意、破壊性がなければならないのかもしれません。それなくしては、世のサロンや文壇に群がる羊やオウムのレベルに否応なく沈んでしまいます。確かに、私たちには、マシュー・アーノルドが『文化とアナキー』の中で言う〈甘さと光〉が必要ですが、それだけではなく、私たちには、意地の悪さや腹黒さ、粗削りで極端な性格も必要なのです。

文化のもう一つの矛盾した特質は、民族に固有なものでありながら普遍的であることです。「まずは身内から」と言われる愛と同様に、文化もまずは身内から始まるものですが、国際主義の理論は、他の「原理」と同様、文化が生まれる前からそれを破壊してしまうのです。にもかかわらず、不思議かつ愉快な事実とは、民族特有なものであればあるほど、その価値は民族の枠を超えた絶対的なものになるということです。アテネでも京都でも、ブリュッセルでも北京でも、どこにいても、最もローカルな地方特有の芸術や民間伝承、音楽、舞踊、活気あふれる社交生活が見られるところには、鷲のように鋭い眼力を持つ人たちが集まります。このような観点から、二つの偉大な世界宗教に関しては、人々を一方から他方へと改宗させようとする試みがあってはならないと言えるでしょう。いずれにしても、そんなことを試みても手遅れではありますが。

文化の敵はたくさんあります。芸術のための芸術、道楽半分の態度、せせら笑ったりおどけたりする態度、よくある愚かさや浅薄さ、センセーショナリズム、世間の評判にのぼせあがること、孤独に耐え得ぬ性格、新旧のバランスの欠如、芸術上の気取り、そして何よりも感傷的なもの。文化は、一方では世の中で最も繊細なものですが、他方では、人を理不尽な運命による容赦ない攻撃に耐え忍ぶことを可能にするものです。自然にも同じような繊細さと強さとがあります。シェリーの作品に見られるように、繊細さは時として度が過ぎることがあり、ひょっとすれば、私

たちは、

一本の薔薇に死す
そのかぐわしい痛みの中で、（アレグザンダー・ポープ『人間論』）

という羽目に陥ってしまうかもしれません。

その強さは、再び罠にかかったときに三本目の足をかじり取ってしまうネズミ科の哺乳類マスクラットの「英雄的な美徳」に見られます。それはワーズワスの言葉に表現されています。

自然の顔は厳しかった。われらはその厳しい表情を喜んだ。
われらの魂は、そこから、その強さを感じ取ったから。
（『ザ・リクルーズ』）

その強さが大きすぎて、粗野と無神経の弊に陥ってしまうおそれもあります。これはワーズワスの寓話『ルース、あるいは自然の影響力（Ruth, or the influence of Nature)』に見ることができます。

多くの人は、迷信を文化の最大の敵の一つであると考えていますが、別の視点から見た場合、迷信は詩（あるいは戯曲）とナンセンスの二つの要素で構成されていると言えます。例えば、チョーサーは次のように言います。

フクロウもまた、死の不吉な前触れとなるなり（『鳥たちの議会』）

科学、つまり常識は、フクロウの鳴き声と特定の人の死との間には何の関係もないと教えてくれます。しかし、迷信は関係ありと主張します。もし関係がないとすればフクロウの鳴き声に意味はなく、関係があるとすれば迷信だということになります。これは文学だけでなく、日常生活においてもジレンマです。私たちは、「理性／無意味」、あるいは、「迷信／有意義」のどちらかを選ばなければなりません。実際、科学は道理にかなっていて、魔術や迷信などの不合理（ただし詩は除く）にまさっています。しかし、迷信が取り除かれると、詩、つまり肝心な「意味」もいっしょに消えてしまうおそれがあり、大切な赤ちゃんが、お風呂の水といっしょに捨てられてしまう（元も子もなくなってしまう）わけです。

詩と文化が実質的に同義であると言うとき、科学や哲学を軽視しているように聞こえるかも知れませんが、実際はそうではありません。アーノルドは言います。

私たちが人生を解釈するために、私たちが自分を支えるために、自分を慰めるために、人類はますます詩に頼らなければならないことに思い至るだろう。いまや、宗教と哲学とみなされるもののほとんどは、詩に置き換えられるであろう。

これは百年前に書かれたものであり、その預言は成就されようとしているかに見えます。しかし、自然法則の研究である科学は、それ自体が詩的な感覚に基づいていることに注意してください。それは、法則の対称性、原因と結果の世界、客観的な対象としての事物、人の手の入っていない自然、人の奏でるあの静かで物悲しい音楽のない天空の音楽です。つまり、私たちは詩の自由か、科学の法則かのいずれかを選択します。自由に、そして詩的な理由で選ぶのです。

文化は芸術と同じではありません。芸術のない人生は無意味ですが、花がそれを生み出した植物を殺すように、芸術は生命をかたちにすることによって生命を制限し、最終的に生命を破壊します。死は私たちが体に支払う代償です。文化は生命と芸術の中間領域にあります。それは一種のバランスであり、生（自然）から死（芸術）に向かう流れの途中の状態であり、流れは目的地に着くまで続きますが、原点である混沌に戻ることはありません。私たちは両極端に陥らないように気をつけなければなりません。すなわち、自由（放縦）と掟（機械的）、具体と抽象、複雑と単純、多神教と一神教などの両極端です。

この生命と芸術の関係に関連しているのは、欠乏という奇妙な問題です。単純さは複雑さへと変化します。欠乏は贅沢へ、生活は芸術へ、ベートーベンの後にはワーグナーが、ワーズワスにはテニソンが続きます。宗教は儀式へ、文化は文明へと発展します。しかし同時に、私たちは逆方向に働く別の法則を意識します。それは、禁欲主義が宗教的な生活だけではなく、美的な生活にも不可欠であるという法則です。これがワーズワスとソローの偉大な力と独創性です。

「Vulgarity」は、卑俗、下品と訳されますが、おそらく英語の中で、定義するのが最も難しい単語です。具体的に説明することは定義することとほぼ同様に困難ですが、これは「卑俗」や「下品」が文化そのものに、いかに近いかを示しています。天国と地獄は、お互いに紙一重の差しかなく、中立的な場所はありません。偉大な作家には卑俗さや感傷はないと言えるかもしれません。ホメロス、シェイクスピア、ミルトンやワーズワス、芭蕉や蕪村には、それらは見られません。ですが、ゲーテ、セルバンテス、ダンテにおいては少なくともある程度の無神経さとむごさが感じられます。それにもかかわらず、「卑俗」が何であるかを言うことはできません。というのも、そうすること自体が卑俗だからです。動物に無神経さや愚かさはあるかもしれませんが、しかしそれらは決して下品ではありません。それは意図の中にあるものであり、故意に、低いものを選び、良いものより悪いものを好み、質よりも量を好むことにあります。私たちはこの卑俗さを深く痛切に感じます。なぜなら、それは私たちに宇宙の究極の善良さを疑わせるからです。

性と文化の関係は深いものであり、男性とその家族との関係から、それが決定するもの、彼の包括的な態度にまで及びます。男性が生きる価値は明らかです。詩、芸術、音楽、科学、彼が存在するのはこれらの創造のためです。しかし、女性の価値とは、彼女の絶対的な価値とは何でしょうか。私たちがこれを理解しない限り、少なくとも無意識のうちに、私たちの文化は偏ったものとなり、人類の半分を切り捨てることになります。これらの言葉を書いている今でも、私は人類一般に対してではなく、男性に向かって書いていているような気がしています。男性の書いたこれらの作品を読んで、女性はどんな気持ちでいるのでしょう。古代ローマの詩人、ウェルギリウスの『アエネーイス』にあるように、人生の端っこに置き去りにされて、「向こう岸に手をのばしたくなる」気持ちなのではないでしょうか。

女性の価値は、相対的なものをゆるぎなく把握することにあります。男性は、現実から理想へ、人生から芸術へ、相対的なものから絶対的なものへと絶えず進んでいます。女性は自分の領域に喜んでとどまります。それは、物事の秘められた核心に近いところです。男性は女性のもとに帰り、自然の懐に入り、そこで安らぎを得るのです。

文化とはシェイクスピアの言う「真の心」を持つ人たちの交わりであり、人種、習慣、言語、場所、時間そのものが障害になることは許されません。これら「真の心」の持ち主の関心は、芸術に向けられるより、人生に向けられています。シェイクスピアでは、少なくとも彼の中期には、人生と芸術の間にほぼ理想的なバランスがあります。ミルトン（ジョン・ミルトン、十七世紀の英国の詩人）にいたると、人生は因習に、直感は修辞にと化石化し、十八世紀の人工性の予兆を感じさせます。

ワーズワスの偉大さは、彼の最高の詩では（これらは彼の短めの詩ですが）、技巧が最小限であり、抑制のきいた美意識が、絢爛たる雄弁より、はるかに深遠なところに届いていることです。

いま彼女には、動きも力もなく　聞かず、見ることもなく
地球の日周にあわせてまわる　岩と石と木とともに

（『ルーシー詩集　ワーズワス詩集』山内久明編　岩波書店刊）

「真の心」の交わりはこの領域にあります。あまりにも生命に満ちあふれているため、ほとんどの人には死のように見えるのです。

私たちの最高の関係は、積極的な沈黙の深淵に埋められており、
それは決して明かされることはない。（ソロー『日記』）

新しい文化のかたちがはたして登場するのでしょうか。そのための時はすでに過ぎ去り、世界はどんどん老いていくので、私たちはもっと落ち着いて、過去の功績に思いを馳せながら人生を過ごすべきだ、と私は思います。芸術家が何かを創造するためには、信仰を持たねばなりません。彼は不動明王を、聖母マリアを信じなければならないのです。

すべての花が、それを呼吸する空気を楽しんでいる、

（ワーズワス『早春』）

と、信じなければならないのです。

もっとも、観客たる読者にとっては、宗教的な信仰は必要なく、芸術的、詩的な信仰、「信じようとする自発的な気持ち」があれば十分です。私たちは、シェイクスピアが幽霊を信じていたこと、ハムレットで私たちを馬鹿にしていないこと、ホレーショがシェイクスピアにかわって話していると考える必要はあります。ホレーショは言

います。

聞いたことがある。まんざら、でたらめとも言い切れまい。

（『ハムレット』一幕一場）（福田恒存訳）

しかし、信じる必要はありません。私たちの信念は、詩的な純粋さのすべてを保っているかもしれませんが、それだけでは、何かを創り出すには十分でありません。何かを創り出すためには、全人格をかけて、全力をふりしぼる必要があるからです。仏教やキリスト教の聖典、ウェルギリウスの『アエネーイス』やダンテの『神曲』を読むとき、私たちはそれらの真実だけではなく、それらの不完全さ、そしてあの無限の悲しみ、神々しい絶望、事物にそなわる解きえない神秘の感覚を、感じる理由がここにあり、これこそが文化の深遠なる心髄なのです。その悲劇的な完全性の中で、私たちは宗教的な信仰心や創造的な芸術家の喜びさえも超えて高められるのです。結局のところ、私たちが文化と呼んできたものは、英国の批評家、アンドリュー・セシル・ブラッドリーが述べているように、詩というものの性格をそなえたものなのです。

それは魂である。どこから来たのか分からない。何かを命じても口を開かないし、我々の言葉では答えない。それは、われらの僕（しもべ）ではなく、主（あるじ）なのだ。（『詩のための詩』より）

(Thoughts on Culture. First published by Eibunsha, Tokyo, in April 1951)

II

戦後十一年目の日本に望む、俳句の精神こそ

日本に望むもの－というより、日本の人々に望むもの、と言い直そう。(国家というものは私にとって無情無心の怪物に見えるから)－まず第一に「けっして成金民族になりなさるな」－もちろん私だって日本の人々が、おいしくて栄養のある食べ物、それにときには、アイスクリームも食べられますようにとは望んでいる。ピアノが一家に一台普及して日本が音楽国家になるのも結構－だが自動車が一人一台、または二人に一台と普及するのは私の希望ではない。自転車で十分だ。蕪村の俳句にこそ日本の精髄は示されている。

月天心貧しき町を通りけり

私はまた日本人々が世界でも最もすぐれたユーモアのセンスを持っていると思う。願わくはそれをなくさないでほしい。ところが近ごろの日本人の国際情勢に対する

反応は、なんだかヒステリックで、ゆとりに乏しいようだ。一八三五年英国の第二次メルボルン内閣が失脚して国内騒然となったさい、わが国一のユーモリスト、シドニー・スミスがこう書いたのを思い出してもらいたい。

「この騒ぎでは自然界の一般法則の運行も停止状態に陥ったと見る方がよさそうだ。そこで私は実験にカラシとタガラシ（田芥子）と種をまいてみた－なんだ、ちゃんと芽が出たじゃないか！　どうやら外の世界においては、メルボルン閣下の影響も大したものではなかったようだ」

これは日本人の〝自然を楽しむ心〟に一脈通じるものがある。

だが日本の人々の過去と現在を通じての最大の宝は、美は快適な生活よりも重要であると直感的に知っていること－さらに深淵めかしていえば、ものごとの中の「詩」こそ、そのものの真実にして唯一の価値である、と知っていることである。日本の人々は、自分たちに必要なのは俳句の短さが示しているごとく「質」であって「量」ではないとキッパリ見極めて「良い小さな」日本をつくるべし。私自身の生まれ故郷の英国、あるいは米国で金持ちになるより、日本に貧乏でいる方がいい。子どもたちにとっても日本の教え子たちにとっても、同じようであれかし！

日本の人々がその清貧と、ユーモアと、自然への愛と理解と――そして何よりも〝俳句〟を捨てずにいてくれるなら、あとはどうなろうと私はかまわない。

（初出　1956年8月10日付　神戸新聞）

歴史をつくる児童文学

日本の児童文学は、室町時代すなわち十五、六世紀のお伽噺－たとえば「鉢かづきの草子」－に始まったと思われる。もっともこれらは実際には子供のために書かれたものではなかったであろうが。

ヨーロッパにおいては、子供のための最初の絵本は、ドイツ語およびラテン語で書かれたコメニウスの『目に見える世界』（ザ・ヴィジブル・ワールド）で、一六七二年に出版され、程なく英語に翻訳された。これは、特に子供のためとして書かれた本であったが、いうまでもなく大人のために書かれて子供たちに読まれた本、その逆に、子供のために書かれて大人たちに読まれた本も数多くある。前者は聖書や『ロビンソン・クルーソー』『天路歴程』『ガリヴァ旅行記』等であり、後者は『不思議の国のアリス』やスティーブンソンの〃チャイルド・ガーデン・オブ・ヴァーズ〃である。一八〇〇年頃までに、子供のための書物はしだいにその数を増し、絵入りABC読本、寓話もの、博物書等々があらわれた。アン・テイラーの有名な詩集（さし絵入り）『お母さん』（My Mother）は、一八〇四年に出版された。そのセンチメンタルな詩は次のように始まっている。

〝ゆりかごの寝床にねむる
わたしの幼な顔をみまもって
やさしい涙をこぼした人、
だあれ？
お母さん〟

それから百年の後、私の母もよくこの詩を、幸いにもちょっとユーモラスな調子で私にきかせてくれたものだった。

『ロビン・フッド』は十九世紀初期の子供たちに人気があった。『グリム童話集』は、一八二三年に英訳され、『アンデルセン童話集』は、一八四六年に訳出されたが、この年には新しい独特な作品があらわれた。リヤの『ナンセンスの本』(Book of Nonsense)がそれで、著者自身の手になる素朴な挿し絵がついている。その一年前に、ホフマンの『シュトルヴェルペーター』―『もじゃもじゃ髪のペーター』―がドイツ語から英訳され、同じく著者自身の筆になる、やや気味悪い挿し絵もそのまま出版された。一八六七年には「子供のためにかつて書かれたもっともすばらしい物語である『不思議の国のアリス』が出版された。その後、何年も経ずしてケイト・グリーナウェイの自筆のさし絵つきで『誕生録』(BirthdayBook)、『マザー・グース』などが出たが、これらは今なお非常に好評である。それより一年前、一八九四年にはハリウエルが英国における児童口碑《こうひ》文学の最初の収録として。厖大な英国童話集を刊行している。

子供の頃、私はかけがえのない欠くことが出来ず、そして加筆の余地もないこれらの本のみならず、『ザ・ボーイズ・オウン・ペーパー』『ザ・ジェム』『ザ・マグネット』等の週刊誌も読んでいた。このうちの後の二誌は、当時も今も高級寄宿学校の物語で、主として私自身のように、そういう学校に行くことの出来ない貧しい少年たちに読まれている。五十年経った今となって、良い生き方をするために、イートン、オックスフォードに行くことは本当に必要ではないとようやく私はさとったのである。ロビンフッドの如きも、盗賊を襲った盗賊にすぎなかったのだと－。私は、“一年近く髪を切らず、爪も切らぬ”という『もじゃもじゃ髪のペーター』が今でも好きである。エドワード・リアのナンセンス詩集は、“かれら”－すなわち世間、慣例、因習、警官、文部省―等がやかましいとき、私をなぐさめてくれるものだ。『不思議の国のアリス』は、今もバイブル同様に貴い。私は、『天路歴程』のクリスチャンのように天の都に辿り着くことは願わないが、死ぬ前に、芭蕉のような、ロビンソン・クルーソーのような生活をしたいものだと思う。

あるローマ法王はかつて、幼児の最初の五年間を彼に任せるなら、あとの生涯は誰にでも任せようと言ったと伝えられる。その意味は、カトリック教徒は幼年時代に形づくられ、年少時代の思考感情が成人を決定するということで、明らかに倫理的な原理、信念である。十八世紀の詩人ポープが言い表した諺に〝小枝曲がれば木も傾く〟というのがある。もしこれが真実であるとすれば、昨日、今日、および明日の世界は、多分に我々が子供時代に読んだ書物によって決定されるものだということになる。ハクスレーの『すばらしい世界』やオーウエルの『一九八四年』は、少数者がマス・コミュニケーションのプロパガンダによって、他人の精神におよぼす陰険な力について警告している。しかし、厳密にいえば、このような他に対する過度の支配欲は、幼少年期の読書によって、つとに培われるものなのである。そこで我々は妖精物語やチャンバラもので吸収した愚劣さや貪欲をのがれるためには、めいめい幼少の頃、読んだものについて省みなくてはならない。さらに、社会悪、人口過剰、失業等も、これらの物語の底にある理念と関連があるはずである。といって、もし我々が世界の改造を考えているならば、子供たちに平和主義的、社会主義的、人道主義的、あるいはキリスト教または仏教の文書を与えるということは、実行できることでもなければ、願わしいことでもない。いわゆる生物反復の法則は逃れがたいものらしく、すべての子供はみな人類発達の全段階を経過せねばならない。しかしながら、できうる限りにおいて、子供たちの読書生活の初期において、利己的でなく、反社会的でなく、俗物的でなく、貪欲でない要素が取り入れられることは、その時期が早ければ早いほど良いのである。個人生活に、結婚生活に、教育的、社会的、国際的に、あらゆる紛争のもとであるボスになりたい欲望、およびボスにつきたい欲望は、我々の生涯の初期の段階において、取り除かれる得るものであるかもしれない。

最後に結論として言いたいことは、日本人がまず昔の日本文学を味わい、これは自分の本心だと悟って、それから外国文化を取り入れ、消化して頂きたいと思う。そうでないと、日本はまるで背景によってくるくると色を変えるカメレオンのようになりかねない。

（初出　１９５６年12月号　婦人之友）

【参考】（編集部注）

- 「鉢かづきの草子」（古典の御伽草子のひとつ。室町時代の成立と思われる）
- コメニウス（ヨハネス・アモス・コメニウス、一五九二〜一六七〇、モルヴィア生まれの教育者）
- 『目に見える世界』（The Visible World, 『世界図絵』）
- 『天路歴程』（The Pilgrim's Progress, 英国の作家、伝道師、ジョン・ベニヤン作、一六七八年刊）『天路歴程』『天路歴程物語』など、いくつか訳書あり。
- 『チャイルド・ガーデン・オブ・ヴァーズ』（A Child's Garden of Verses, 英国の作家、ロバート・ルイス・スティーヴンソン作、一八八五年刊、『子供の詩の国』などいくつか訳書がある。
- 『ナンセンスの本』（Book of Nonsense, 英国の画家、詩人、エドワード・リア作。一八六一年刊）邦題『ナンセンスの絵本』で訳書あり。
- 『もじゃもじゃ髪のペーター』（Der Struwelpeter, ドイツのハインリッヒ・ホフマン作。一八四五年刊。日本語訳では、『もじゃもじゃペーター』、『ぼうぼうあたま』などの訳書がある）
- 『ハリウエル』（James Warchard Halliwell, 一八二〇〜八九。文中の『厖大な英国童話集』は、The Nursery Rhymes of England: Collected Principally from Oral Tradition）

●『ザ・ボーイズ・オウン・ペーパー』（The Boys Own Paper, 英国で発行された十代向けの物語集。一八七九年創刊。当初は週刊誌でやがて月刊誌となり一九六七年まで続いた）

●『ザ・ジェム』（The Gem, 英国の主に少年向けの物語週刊誌、一九〇七年創刊）

●『ザ・マグネット』（The Magnet, 英国の少年向け物語週刊誌、一九〇八年創刊）

●「ポープ」（アレキサンダー・ポープ、英国の詩人。一六八八〜一七四四）

●「小枝曲がれば木も傾く」（As the twig is bent, So is the tree inclined）

●『すばらしい世界』（Brave New World, 英国の作家。オルダス・ハクスリー作、一九三二年刊）

日本の学生と私 ― 教師生活三十五年を顧みて

四十年前には、私自身もロンドン大学の学生であった。私は何もかもつまらなく、いつも一番うしろの席に座って、ため息ばかりついていたので、女子学生たちは、私が恋をしていると思っていた。W・P・カー老教授の最後の講義の時も、例のように、ため息をついていると、突然教授は「これが最後の講義です」と言われた。カー教授は引退後、老いの身を押してアルプスに登られ、心臓マヒをおこして亡くなられたが、理想的な死の道を行かれたと思っている。

私は先日、東大で最後の講義を行なったが、学生達に対して、英国での自分自身の場合とは異なったものを感ぜざるを得なかった。学生達のほとんどは最後の講義である事を知らなかったらしい。いつものように、半ば敬意をはらい、半ばユーモラスな態度で聞いていた。

私は特に〝最後の講義〟というものをしなかった。それは芭蕉が求められたその時に、辞世を詠んだという、幾分そのようなつもりで、私は日ごろの講義を〝最後の講義〟にしていたのだ。

私が日本に来た大正十三年ごろ、クラスの級長の「起立、礼、着席」で始まり、同じ号令で終った。いささか軍国的かも知れないが、今の締まりのない講義の開始や終りよりよりましなような気がする。というのは、それは学生と教師のお互いの尊敬を現わし、供に学問に対する確固とした態度を示していたのだから。私は今でも常に学生に頭を下げる、が、決して彼等を見ないようにしている。もし見れば、頭を下げている学生の数がどんなに少ないかを見てしまうからだ。授業が終った時も、私はまじめに「サンキュー」と言う。何故なら、教えること、先生たることはやさしく、教わること、使われることは、むずかしいことであるから。

日本人も日本の文学も世界で最もユーモアに富んだものであるといえるが、英国の学校と、日本の学校の一つの大きな相違は、前者にはユーモアの広がりがあり、後者にはそれが足りないという事である。特に、英国の小・中学校では、一つの罰として、あるいは統制をとるために、教師は常に皮肉を用いるが、その結果、英国人は、恥ずかしめを受けても、怒らないで、それに耐えるという事を学び取るのである。これが、一見、英国人をごう慢に見せるのだ。

日本の学生のいっぽん気というか、くそまじめというか、その一例として非常に面白い思い出がある。私が始めて日本の教壇に立った第一週のある日、私がホールに入って席に着くと、急に五、六人の学生が次々に前に出て感動的に何やら語り出した。腕を振り回してゼスチャーたっぷりに、そしてついには感きわまって涙をぼろぼろおとして泣き出してしまった。　泣き虫な私もそれにつられて泣きながら、一体どんな苦悩を彼等は訴えているのだろうか、と心の中でいぶかった。（もちろんそのころ私は全然日本語がわからなかった）重苦しい心でホールを出た私は、勇を鼓して傍らの藤井教授に「いったい何が起こったのですか?」と尋ねた。「明日野球の試合があるのでその激励会をやっているんですよ」と、彼は答えたのでぼうぜんとした。

話は横にそれるがついでにもう一つ皮肉な逸話を御披露しよう。それはこの少しあとにあった事だが、、ある春の朝、私は、一人で沼津に向う汽車に乗っていた。途中で富士山が見えて来るのは知っていたし、富士山についての色々な事もラフカディオ・ハーンの本で読んでいた。私は一生懸命に、かの世界的な山の見えて来るのを待った、、。ついに！　富士はそこに！　私は一心に富士を見つめ、涙を流して思った。「ロンドンのはずれに生まれたやさしい貧しい青年が、日本でこの素晴らしい光景をながめる機会にめぐまれたとは！」と。涙をぬぐって座り直し、再び本を手にしたその時、おー、本当の富士が見えて来たではないか！

前の山は名もない山だったのだ。だが、その時にはただ恥ずかしかっただけで、もはや流す涙もなかった。

春なれや名もなき山の春霞

全体的にいって、学生でも一般の人でも日本の聴衆は西欧人よりやさしい感じ方、進んで楽しもうとする心、詩的なニュアンスを、感知しようとする深い知覚力を持っていて、単に人を陥れようとするような詰問的な批評のための批評精神は持っていない。日本人は本能によって感ずる。そしてその本能は正しいと私は思う。即ち日本人の本能的な考え方では、真実とは、やさしさによってのみ知覚され、表現されるものなのである。（大自然は礼儀正しいとは言いかねるが、しかし決して無礼でも皮肉でもないし、また人を立腹させるものでもない） 真実が存在するためには、表現されるだけではなく、それが受けとられなければならない。やさしい心で表現され、やさしい詩的な心でそれが受け取られた時に初めて、真実が生まれて来るのである。

最近私はローマの最も偉大なマルクス・アウレリウス王を皇太子殿下（注 現上皇陛下）と一緒に読んでいる。彼、アウレリウスは「私は父からこれこれのことを学んだ。伯父から、これこれのことを…、師からこれこれのことを…」と語り始める。私の三十五年間の教師生活は、最初から学生たちによって、教えられつつ現在に至った、ということなのである。“学生達”によって、怒りっぽくてはいけない、人をいじめようとする心があってはいけない、卑俗であってはいけない、ということを学んで来たのであり、彼等に、常に微笑をたたえ、謙虚で、気のきいた良き教師たれ（今では遅いが）ということを教えられてきたのである。

「ほんとうの日本とは何か？」とよく尋ねられるが、私はそれを「ほんとうの日本とは何であったか？」と過去形に変えて答えよう。それは俳句であり川柳である。日本の詩、ユーモアは世界で最高のものである。そしてその最高のものこそ“ほんとう（真）”である。そこで、私の好きな俳句を一句、

よく見れば薺《なずな》花咲く垣根かな　芭蕉

そして川柳を一句

辻斬りを見ておわします地蔵尊

先日、学生の一人が非常に良すぎる事を言ってよこした。いわく「先生は私たちにミルトン＝キリスト教的主義的な、ぼう大な、ユーモアのない詩人＝についての非常に優れた講義をして下さいました。それは先生が俳句や川柳を理解していらっしゃるからです」。たとえ、それがそうであってもなくても、イギリスに生まれ、日本にやって来て、世界の両面を理解する事が出来たという事は何と幸せな事だろうか。

（初出　1959年2月23日付　読売新聞）

III

「ほんとうの」日本
The Real Japan

ある日本人の作家が東京大学の学生の頃、ドイツ人教授の講義をうけたときの話だというなら、おそらく夏目漱石のことだろう。この教授は黒板を前に白いチョークを持ち、これなる白墨が「ほんとう」のものかどうかという哲学論議を一年のあいだ飽かずやっていたのだが、漱石に言わせれば、そもそも「ほんとうの」という言葉の意味がわからぬ吾輩には、答えよと求められても、いったいぜんたい何が問われているのか、さっぱりわからないのであった。そう考えると、「ほんとうの日本」とは何かという今回の論考には、「日本」とは過去の日本か現在の日本かという問題も必然的に含まれることになる。戦前、日本を訪れたバーナード・ショーは蚕糸工場と紡績工場の見学を希望し、それを断られたが、これは明らかに、どちらもそこに「ほんとうの日本」があると考えた証左だろう。実際のところ、人それぞれにその人が考える無数の「ほんとうの日本」

があるわけで、その中から最も「ほんとう」に近く、最も深遠なる日本の姿を見つけ出すことこそ、われらがなすべき仕事だといえる。

『西洋の没落』の著者シュペングラーの言葉に従えば、「ものの本質」を極めようとするなら、それを超越したところまで追究しなければならぬ。つまり、日本という国の長所や短所を理解するのみならず、その過ちを無条件に許しつつ、美徳を加味し、それを大きく広げてみることである。それに取りかかる前に、日本についての考察が可能かどうかは別にして、「ほんとうの英国」「ほんとうのアフリカ」などといった問いがなぜ「ほんとうの日本」ほどには議論に上がらないことに疑問を抱いてもよいかもしれない。これは、日本人に生まれつき備わっている神秘的な不可解さ、どこか不自然で非人間的な本質によるのだろうか。それとも、これは多くの女性に共通してみられることだが、他人ごときに自分たちのことなど理解されたくないという願望に根ざすのか。あるいは、わびやさび、また日本文学の真価は、日（sun）の昇る国の息子（son）たる日本人にしか理解できないとする日本文学を講じる先生たちのいじわるな教えのせいなのだろうか。外国人の中には、この科学万能の時代になにかひとつぐらい理解かなわず、永遠の謎に包まれた存在があってほしいという考えがあるかもしれない。D・H・ローレンスは「女を理解することは、最終的に女を憎むことになる」というが、そうなると日本は、われわれ外国人に、その謎めいた心をもぎ取られる運命の女の姿をしたハムレットのような存在なのかもしれぬ。

国民性といえば、何かそんなものが実在するものだと誰もが信じているようだが、その存在を本当に信じているのかといえば、そうではあるまい。そもそも、一人の人間にそなわった多様な性格を理解するのさえ相当な時間を要する骨の折れる不可能な作業であるから、それなら、それぞれ個性を持った残りの一億人を一人の人間の中にひとからげに集約して扱ってしまおうとする便法のようにも思える。さらに、ひとつの国全体の習慣、風習、考え方というものはどんどん変化し、比較的短期間に、永久にともいえるごとく、その姿を変えてしまうことがある。一九世紀の初頭まで、明らかに英国は馬と犬をのぞく動物に対して、ヨーロッパ諸国の中で最も残酷な国であった。それが「教育」のおかげで、今日では最も動物を愛護する国の仲間入りをはたし、家畜の生命を不必要におびやかす者は罰せられるほどである。

遠まわしな話が続くが、ここでもうひとつ付け加えておきたい。ある特定の男性、あるいは女性、ましてや国全体を指して、やれ誠実だ、勇敢だ、残酷だなどと断言することはできないし、するべきではあるまい。彼あるいは彼女においては、置かれた状況に応じて、そうした特徴が様々に現れるだけなのだ。たとえば日本人（より正確には日本の風習）は、はたして「感受性」が強く、「繊細」なものかという問いに、われわれは、そうでもあり、そうでもないと答えるだろう。ある日本のさほど有名ではない大学でのことだが、年がら年中、男子便所の前を通るたびに鼻につくひどい悪臭をいまも忘れることができない。その一方で、こうした情けない話の埋め合わせというか、逆をいくエピソードがある。二十年ほど前（注　一九四〇年頃）になるだろうか、結婚前に妻と二人で京城（現在のソウル）の本町を歩いていたときのこと、とつぜん妻の姿が跡形もなく消えてしまった。やっとのことで見つけると、彼女は通りの角にあるごみ箱のそばで鼻をかんでいたのである。妻には、私を含め人前では決して鼻をかまないたしなみがあった。

戦前の日本では、やれ日本精神だの大和魂だのと、狂信的とまではいえないが、いかにも厳粛で尊大な議論がにぎやかに巻き起こった。ここで、一九三三年刊行の『日本精神講座』十二巻をざっと見直してみるのもよいかと思う。第一巻は『武士道の精神的神髄』から始まるが、選択はその重要性から考えて妥当なところだろう。（俳句は最終巻に掲載され、川柳に至っては言及さえされていない）比較的近年になって成立した武士道（そのバイブル的存在である『葉隠』は一七一〇年に完成）は、禅、神道、儒教が結合したものである。その精神の本質は、死の超越であり、むろんそこには死への畏怖もふくまれるのだが、同時に相対的世界、すなわち現世でのまったき生き方を説くものであった。しかしこれは、キリスト教がそうであったように、一般普通の人たち（ここでは日本人）の感性にはあまりに難解であったため、中世ヨーロッパの宗教の歴史にその例を数限りなく見るごとく、一種の狂気に変貌してしまう。また、同じ第一巻には、武士道の一面を表現したものと考えられる明治天皇の御製（おおみうた）が掲載されているが、これはヒンドゥー教の聖典『バガヴァッド・ギータ』の精神を彷彿させる。

国のため　あだなす仇は　くだくとも
いつくしむべき　事なわすれそ
Though you strike For King and Country,　The foe that strikes you,
Forget not still To love him.

このように全十二巻にわたって、見かけのよい軍国主義へ向かって、いとも簡単に変質していくような表現がちりばめられていて、あたかも絹の鞘に仕込んだ軍刀を鳴らすごとき空気を嗅ぎ取ることができるのである。

ひとつの国の欠点と美点とは、ものごとの表裏のように同質のものであり、それが置かれた状況によって異なった相貌を見せるだけである。日本人は理論的というより実質的で、倫理の探究には冷ややかな態度しかとらず、神学という概念があることにさえ、ほとんど理解がおよばない。日本人の精神風土には「純粋理性」のようなものの存在はかなわない。日本人は直感的である。賢明でも合理的でもない。まことの理想主義者でもなく、超越主義者でもない。『ウォールデン 森の生活』を書いたヘンリー・デイヴィッド・ソローの思想さえ日本人の心には響かない。ものごとを一般論化することができず、あらゆる出来事は特別だと考える。

このような日本人の心はどのようにして出来上がったのか。あまり知られていないが、それは遺伝、自然環境、そして他文化、つまり他国の世界観からの影響によるものである。概して、人間が人生に対して持つ考えには、自然的なものと、超自然なもの二つがある。前者は楽観的、後者は悲観的なものである。さて、日本人はかつて、また現在でもしかりだが、世界に対する否定や拒否の精神を持ったことがない。艱難に耐え神への信仰を貫いた旧約聖書『ヨブ記』のヨブも、難波して絶海の孤島に漂着したダニエル・デフォーの冒険小説の主人公ロビンソン・クルーソーさえ存在しない。天皇は次の世においてではなく、この世において絶対的な存在なのだ。すべては生きた人間が基準とされ、神の神聖な命ではない。こうした考えは、古代ギリシャとローマ、また古代インドにおいても、ある程度までは見受けられた。しかし、中世のエジプト人とヨーロッパ人および近代の科学者たちは物質世界と決別し、次なる世界、つまり一般の常識を超越した抽象概念の世界へ飛び立っていくのである。日本人が哲学を語ろうとしても、どうも本物らしく聞こえない。日本人は誰も月へ行きたいなどとは考えない。永遠や無限を希求したこともない。浄土真宗の来世信仰は、不朽への渇望からではなく、台風、貧困、栄養失調の苦しみからのがれようと生まれたのである。

仏教が日本に与えた影響（またその逆も）は、「色即是空」すなわち、この世の一切の存在は空であるとする大乗仏教の教義と、日本人の現世思想が相互に作用した結果であった。すでに九世紀には、日本の神々は仏陀が姿を変えてお姿を現されたものだとする神仏習合思想の両部神道が生まれている。一七世紀末には、賀茂真淵、本居宣長、平田篤胤は神道を率いて仏教の神秘主義を批判したが、一八六八年の明治維新からは神道そのものが神秘主義になり、一世紀の後には悲惨な事態を招く結果となった。今日においてもなお、神、神学、宗教、神秘主義、神聖という言葉に対し、日本人の大半は嫌悪を感じる。これが日本人にとっては自然で本能的な反応であり、また真実でふさわしいものである、というのが私の意見である。

禅が日本人の国民性に与えた影響もまた考慮すべきことである。それは、ある観点からすれば、きわめて悪い影響だといえるだろう。鎌倉時代、（また戦前の日本においても再びそうであったが）禅は決死の覚悟を固めた若者によって愛国心という別の名で、個人の栄光のために利用された。言い換えれば、禅はひとつの方法、すなわち生きるためや死ぬためではなく、勝つための手立てであった。その後まもなく、禅は敵を殺すための手段であるという考えが生まれ、ある意味で負けてもよしとする教え、すくなくとも負けることによって得るものがあると説く「不殺生」（アヒンサー）の教え（もしそれが存在したとしての話であるが）からは完全に切り離された。「無我」そして「無常」という概念はニヒリズムを生み出した。それは芸術の世界では非凡な作品を生んだが、現実の世界ではしばしば虐殺を引き起こした。まさに芸術作品にとっては理想的であることが、世の中にさらに多くの苦難をもたらしたのである。

鎌倉時代以降、「武士の情け」が説かれ、実践されてきたのは事実だが、忠誠心と勇気だけでは、そこに禅が加味されたとしても、人が容易に残酷で粗暴なふるまいに及ぶことを止めることはできない。「我は汝なり」とする武士道の根本精神にたどりつくためには、人間の本質であるエゴイズムと自己防衛本能の、まさにその下に潜むもの、を掘り起こさなければならない。表面的な悟りではそこへ達することと能わずである。愛国主義者は次のような主張をするかもしれない。つまり、立派な行いとは、差別することなく、無私無心となって敵を殺し、日本の益となることでなければならないと。逆に言えば、日本の益になることが立派なのである、もしこの「益」という言葉が正しく理解されていれば、この誤った論理は、結果として間違っていなかったかもしれない。しかしながら、価値と有用性を混同するのが人間の本性である。

儒教もまた日本に悪影響を与えた。それが日本人に難なく受け入れられたのは、儒教の説く家族制度が自然主義的な世界観に根差していたからである。「この家の頭（かしら）は神（Ｇｏｄ）である」なる言葉は、間違っても日本の家には掲げられることがなかっただろう。さらに言うと、仏教が日本に宗教を教えたように、儒教は道徳を教え、それに大きな影響を受けて、やがてその後に武士道が生まれた。儒教はまた、女性の地位を子供を産む機械、男の所有物という地位に貶めた。それより、とりわけ悪質なのは儒教が日本人を欺いて、自分たちはスパルタ式かつ厳格な道徳家であり、道義をわきまえた哲学者である、またそうなることもできる、と信じ込ませたことだ。しかし、儒教の中国人が何を言おうと、何をしようと、日本人が「ほんとうの日本人らしさ」を失うことなしに、法を尊重し、形而上学的に考え、またはストア学派のような精神を持つようになれるとは到底考えられないのである。

日本人も、みずからの理想や憧れる姿について「直き心」「雅心」「大和心」「明き心」「清明の心」「皇國《すめくに》魂」「大和魂」など、多くの表現を用い説明してきた。注目すべきは、ここには特に軍国主義的な表現はひとつも見られないことだ。日本人は自分たちを「争い好き」の国民だとは思っていなかったのである。これらの言葉には、日本人の疑う余地のない勉強好きの性格や同化（模倣）能力への言及さえない。

「ほんとうの」日本とは何か。それは、ものごとが柔らかな心と調和の中で詩的におこなわれたとき、いつでもどこでも目にし、耳にし、そして感じることができるものである。

それは、一六八七年のある夏の日、「古池や」という言葉の中に生まれた。

古池や　蛙飛び込む　水の音

The old pond; A frog jumps in – The sound of the water.

この一句はいくたび繰り返されようとけっして色褪せることがない。それはキリスト教徒にとっての「神は世を愛された」、イスラム教徒の「アッラーは偉大なり」、ヒンズー教徒の「汝はそれなり」という言葉に相当する。ほんとうの日本の姿とは、一編の詩、ひと口の茶、床の間に生けられたひと茎の花、腕白な子供のいたずらや、見栄っ張りで愚かな人間の姿を眺めるときに浮かぶ微かな笑みの中に存在する。ほんとうの日本にあるものは、「はすかいに差し込む光」や「こちらへ近づいてくる足取り」など、米国の女流詩人エミリー・ディキンソンの詩の中にもしばしば発見することができる。そうした例は、「少ないどころか、あり余るほどある」というより、むしろ「ささやかだが、不足はしない」のである。

「ほんとうの日本」は消えつつある。いま残っているのは失われた命の感傷的な模造品に過ぎず、神の目からすれば、それはすでに死んでいるのかもしれぬ。ほんとうの日本の消失が、その原因とまでは言わないが、いわゆる「西洋物質文明」によってある程度加速されたのは確かである。しかし、観光、マスコミ、商業主義、オートメーションを糾弾すべきではあるまい。本稿はまさに、追悼式の式辞である。しかし、フランスの神学者で雄弁で知られたボシュエのような説教は似合うまい。ここでは、英国の詩人ワーズワスの詩の一節を借りて、「芝を踏むごとく、音を立てず移ろふ」ほんとうの日本に、私たちもまた静かに別れを告げるべきであろう。

（初出　Orient/West Magazine Vol.5, No. 1 Jan.- Feb. 1960）

The Cultural East 創刊にあたってのことば

The Cultural East Editorial

The Cultural East　第1巻第1号
一九四六（昭和二十一）年七月

我々は力の論理が支配している限り、国家間における恒久的な平和はありえないと確信しており、また、力の論理を越えた崇高な価値概念が必ず存在しているであろうことも堅く確信している。力の論理とは、一方の力が他方を押え込むという二項対立的なものであり、力の論理はその本質において相互間の対立と敵対を引き起こすものである。力の論理がそれを越える高次な規範によって統御されていない場合、力の論理の行使は常に悲劇を生みだし、世界は破滅の時を迎えるに違いない。

では、力の論理を抑制する高次な規範とは何か。それは大いなる愛である。正義のみならず不正義に対してもあまねく照らす太陽のように、すべてを受け入れる愛である。力の論理は大いなる愛を生みだしはしないが、愛は力を生みだし、そしてその力を支配するのである。力の論理をそのまま放置すれば、それは確実に自己増殖を始め、言語に絶する悲惨な状況を我々にもたらすに違いない。

我々の間の完璧な相互理解こそが大いなる愛を可能とさせるのである。無知は侮蔑を生み出し、侮蔑は力の論理の忠実な仲間でもある。他者に対する侮蔑と力の論理が結びつけば、個人の衝突から世界大戦に至るまで、様々な争いを起こすに違いない。それゆえ世界的な恒久平和を勝ち取るためには、善なる相互理解及びお互いの尊重とお互いを愛することが必須となるのである。如何なる形におけるものであっても、無知は一掃されなければならず、愛は必ず広められなければならない。

相互理解は寛容な無私の精神から生れる。利己主義と無知とは表裏一体の関係にある。利己主義は寛容性を閉じ込め、広がり続ける精神世界の理想像を見えなくし、あいまいなものとする。文化とは人間の精神世界の到達点を反映したものであるが故に、精神世界の理想像が無いところに文化というものは存在しないのである。精神が精神を直接的に動かす、これが悟りである。悟りを得れば、無知が前面にでることはなくなり、相互理解が可能となる。悟りを開いた精神はいつも創造的であり、そこから文化の多様性が新たに生れるのである。したがって文化を相互に理解することは人間の精神性を高めることを意味するのである。

文化というものは、東洋文化、西洋文化、南方文化、北方文化といわれるように、それぞれの地域性と地域独自の特徴を持っている。人種的あるいは国民的気質というような心理的要因と同様に地理的、気象的、気候的特性などの環境要因もまた文化の形成に関係しているように思われる。しかし結局のところ、文化とは、属性としての環境的、心理的偶然性に影響された精神の表現であり、それゆえ、その文化独自の価値観を持つのである。文化の違いは避けることができないものである。自らの精神の深奥を確かめたい時、人は異なる時代や場所における、人々の精神の多様な表われ方を媒介にして、それらの精神の深奥を検証するのであるが、その際に、それらに対して虚心坦懐に検証しなければならない。それによって人は精神的に成長し、ついに大いなる愛の意味を悟るのである。大多数の人々が精神的に成長した時に初めて、世界は恒久的な平和を望むことが可能となり、また真の幸せを謳歌することができるのである。

哲学的に言えば、東洋文化は神秘主義的傾向を持っており、一方、西洋的精神は生命や世界に対して二元論的な解釈をする素地を持っている、と言える。しかし、神秘主義とは、東洋的精神の基底的な傾向である。と、その意味を明確に措定しておかないと、神秘主義という言葉は用語としていくぶん漠然としており、その意味を取り違えてしまうことになる。西洋人が真摯に東洋文化の研究を始めれば、「無心」、「無念」、「虚心」、「只麼《しも》」、「如是」などの用語と頻繁に出くわすであろうし、またこれらの用語の類語も数多く存在する。それらの用語は明らかに（西洋的）意味を欠いており、一般的な理解を越えているので、西洋的精神にとってはまったく不可解なものと映るのである。しかし、精神的背景として二元論的精神を持っている西洋人が、東洋的精神の深奥を探求することを真に望むなら、彼らにとって「無意味」と映る用語であっても、東洋文化において育まれてきた所産としての、それらの用語をすべて正確に理解する努力を惜しんではならない。

古より、芸術の師といわれる人々は、その芸術の領域における「蜜伝」や「秘伝」または「奥義」を述べた書物を残しているが、それらは本来、これらの貴重な書物を授けるに相応しいと師が判断した弟子に、師から伝授されたのである。如何なる芸術においても、技術のみの、あるいは独創性のない技能だけでは、人は師となるに十分では無く、師となるにはそれらの技能以外の何かを身に付けていなければならない、それは人智をすなわち論理的理解を超越した精神的洞察に他ならないのである。簡潔に言えば、師とは単なる技能練達者ではなく、創造者であらねばならないのである。

二元論的傾向を持っている西洋的精神は、論理的かつ方法論的発想を持っており、一般的に神秘主義や直感主義と対立する精神である、と言える。したがって、東洋と西洋は（その精神において）対極に位置しているといえるであろう。というのは、東洋の「そのもの自体である精神」と、西洋の「そのもの自体を知ろうとする精神」とに東洋と西洋の精神は二極分化しているからである。それゆえ、その精神を総体として理解するためには、東洋は西洋から多くのことを、とくに一般的な事柄に対しての科学的方法論や科学技術的取扱い方法を学ぶ必要があり、他方西洋は、師によって厳重に守られている秘伝や奥義などの蘊奥を徹底的に探究することによって何かを得ることができるであろう。

先に述べたように、力の論理が世界を支配している限り、争いや苦しみや世界中の人々の苦難が終わりをむかえることはない。世界平和を達成するためには、力の論理を越える高次かつ強固な価値概念が力の論理を統御しなければならない。現在、世界中で顕然と現れてきている運動はすべて、大いなる愛によって生まれたものではなく、単に力の論理を強く追い求めているものに過ぎない。共産主義、ファシズム、民主主義、大工業主義、ナショナリズム、社会主義、科学崇拝、工業技術主義やその他その世界的優位性を主張する思想は、自らの思想の根幹に大いなる愛を持っていない限り、すべて力の論理を希求しているにすぎないのである。混乱する世界を救うのは、正にこれらの思想であると強く主張する前に、まずそれらの思想の中身を十分検証しなければならない。また、それらの思想から生れる政策や方針の根幹に、どれほどの大いなる愛が存在しているのかについても検証しなければならない。

しかしながら、大いなる愛は盲目的、本能的なものであってはならない。それは人間的、理性的かつ精神的なものであらねばならない。すなわち、大いなる愛とは、現実というものの真の姿及びそれに対する理性的な解釈を、精神的に洞察することから生れいずる愛でなければならない。多様性を持つ現実世界と部分的には重なっているが、完全に混じりあっているわけではない精神世界というものがあり、その精神世界はありのままの俗世間と離れて存在しているわけではないが、「超自然世界」とでも呼ばれるべき世界なのである。この世界は超絶的世界であると同時に内在的世界でもあり、洞察によって得られた純粋最高の知識、すなわち、仏教学者によって梵語でプラジュニャー（智慧）あるいはパーリー語でパンニャー（般若）と呼ばれる知識に導かれて大いなる愛が大きく開花するのは正にこの世界なのである。

本誌『カルチュラル・イースト』は、総体として東洋文化を形づくる様々な文化に関する正確な知識を広めるためだけでなく、東洋文化総体の基礎をなす精神世界を明示することを目的として発刊されたものである。というのは、前述したように、文化の名に値する如何なる文化も精神性なしには、換言すれば、その文化の基盤が世界精神の中にあることなしには存在し得ないからである。如何なる所の文化であろうと、人がその文化に精通すれば、世界精神の一つの反映である自らの精神生活の中に、その文化の片鱗を垣間見ることができるであろう。精神の中にある文化を垣間見る、ということは、大いなる愛の発生の根源を探ることに他ならない。大いなる愛は個人のみならず国家間の相互理解をもたらすものである。力の論理の前提である尊大な自己中心主義に、大いなる愛から生れた、この相互理解が徐々に影響を及ぼし、ついには、力の論理は完全に大いなる愛の原理に拝跪するのである。したがって、お互いを愛し合うことが相互理解であり、逆に言えば、その相互理解の基盤を築き上げるのが大いなる愛である、と言うことができる。実際のところ、大いなる愛と相互理解には、どちらが先か後か、という順序はない。大いなる愛と相互理解は相関的であり、かつ融合しているのである。この二者は「生命の息吹」の二つの側面なのである。大いなる愛と相互理解の融合こそ「生命の息吹」であり、それは大いなる愛と相互理解を通して発現されるのである。言いかえれば、それは大いなる愛と相互理解を媒介として「生命の息吹」に出会う我々の人類的意識でもある。それゆえ『カルチュラル・イースト』は、東洋に対する公正かつ偏見のない理解を促進し、ついには東洋への愛にまで導く、という意図のもとに東洋文化についての詳細な情報の提供を目指しているのである。

文化といっても、百年あるいは千年前になされたり、語られたり、描かれたり、演じられたりしたものを我々は対象としているのではない。英国の文化とはシェイクスピアの作品そのものではなく、英国人や米国人にとっては、自分たちの思考や感情の動きがシェイクスピアのそれを変わらないという点で、また、英国文化が自分たちの身体の中にすでに取り込まれており、彼らの日常生活の中でも英国文化が息づいている、という点において、英国文化と英国人や米国人がシェイクスピアを読み、味わうことなのである。このことは東洋文化においても日本文化においても同様である。我々は本誌において日本人の生活の実相、すなわち過去の日本人ではなく、今まさに生きて生活している彼ら日本人の感情と思考及びその喜怒哀楽の様相について伝えたいと思う。本誌掲載の「茶」（茶室瞑想）についての論考はこの一例である。それゆえ、ここで対象としている「現に生きている文化」とは俳句や和歌、華道や茶道、弓道や能のみを意味しているのではない。「現に生きている文化」とは、普通の日本人の日常生活の中で、これらの文化がどのように生きているのか、人を誉める時、何を誉めるのか、自らの人生において何を理想と感じているのか、ということを意味しているのである。「現に生きている文化」とは、「いつもそこに存在している何か」なのである。

現在、人類の幸福を話題にする限り、戦争の問題に触れない訳にはいかない。軍国主義者のみならず少数の政治家が心に抱いていた間違った力の論理によって、非常に多くの無辜の民の血が流されざるを得なかったことは、非常に不幸なことであった。軍国主義は壊滅し、その思想は挫かれたとはいえ、戦勝国は神に与えられた使命を厳粛に思い起こし、勝利の美酒に酔い痴れ、道を踏み外すことのないように切に願わねばならない。敗者が屈辱と無念の苦杯をなめるのは避けられないが、勝者もまた、力の論理が持つ自己中心主義と独断専行主義に陥ることがあってはならない。力は愛の前にひれ伏すべきであり、愛こそ生命の息吹であり、世界の真の支配者なのである。

それゆえ、『カルチュラル・イースト』は、力は愛の前にひれ伏すべきである、という目的の下に、それによって国家間の相互理解の友好的な交流が始まることを願いながら、世界に対して、東洋が文化的遺産として持っているものに関する詳細かつ正確な情報を提供するつもりである。というのは、世界において、愛の力を効果的に生み出す、好意的な関心や相互理解がなければ、我々は如何なる形態であれ恒久的な平和を望むことはまったくできないからである。

我々は東洋の人々が現在直面している、全力でもって解決しなければならない様々な問題も同時に呈示するつもりである。西洋文化の影響で古来より連綿と伝承され、享受されてきた東洋の伝統や文化には深い溝が生じているのである。これは東洋の絶対理想主義的一元論と西洋の本質的経験主義的二元論の衝突とも言えよう。西洋の二元論的かつ時間重視の発想法は、時間超越と空間重視とでもいえる特徴を持つ東洋文化をその深部において浸食したのである。簡潔に言えば、東洋にはもはや静かな安逸した生活は許されず、積極的に行動しなければならないのである。米国人が言うように、一分たりとも時間が浪費されてはならないのであって、そこには有益性あるいは能率性が要求されるのである。社会的・経済的生活水準の問題に加えて、建築、絵画、政治倫理、宗教、教育の領域において、文化における衝突と同様の様々な問題が起きている。実際、東洋はその東洋的人生観や世界観を危うくさせる多くの問題を抱えている。西洋もまた自ら固有の難題を抱えているのは確かである。西洋はそのパワーポリティックス的発想の再検討及びキリスト教の聖遺物などの開帳に見られる神概念の再検討を図らねばならないことも、その一例と言えよう。

簡潔に言えば、我々の使命は大いなる愛がその目的を達成できるように、東洋と西洋の文化の懸け橋を築く手助けをすることである。

（The Cultural East Volume 1 July 1946 issue より）

吉村侑久代訳　

IV

編集後記

この企画を展望社の唐澤社長に提出した時は、今年の薫風の候の頃には、と大見得をきったが、新涼の候になってしまった。ブライス作品集の出版がこれほど難敵とは知らなかった。われながらよく頑張ったと思う。その道連れとなり、一筋縄ではいかない相手に辛抱強く立ち向かって頂いた大江 舜先生には、ただ感謝の気持ちしかない。ところで、向こう半年ほどの間に本書以外にブライスについての本がもう二冊、続けて出ることになっている。ひとつは、大谷大学名誉教授のノーマン・ワデル（Norman Waddell）博士の編纂による『Poetry and Zen: Letters and Uncollected Writings by R.H.Blyth』で二〇二二年二月にアメリカの Shambhala 社から。もうひとつは、イギリスの詩人・作家、アラン・スペンス（Alan Spence）教授がブライスを主人公にした物語『Mister Timeless Blyth』を書き、このほど出版社へ原稿を送られたと聞いている。順調にいけばやはり二〇二二年春までには出版の運びとなるのではないだろうか。

これをきっかけに、世界的なブライス再評価の気運が高まることを願うものだが、アラン・

スペンス教授がブライスの本を執筆するにあたり、執筆を開始した当時、エディンバラの総領事だった松永大介氏（後にエチオピア特命全権大使）と知りあった縁で、資料の読み込み、解釈などで松永氏にお世話になった。そのスペンス先生からのご紹介で松永大介氏ともお目にかかることができ、今回の『ほんとうの日本』の編集にあたっては貴重な示唆、ご助言を頂いた。心より御礼を申し上げたい。

最後にひとつエピソードをご紹介して締めくくりとしたいと思う。ブライスは徹底した菜食主義者だったので、宮中へ参内したときでも、ブライスのためだけに特別な料理が用意されたという。あるとき皇后陛下（香淳皇后）が「ブライスさんは菜食主義とうかがいましたが、ずいぶんお太りになってますね」とおっしゃられたら、ブライスは「はい、象も草しか食べませんが、太っています」と答え、皇后さまも声をお出しになってお笑いになったとか。そのように、私はうかがっている。

武田 雄二

R·H·ブライス主要著書

1. Zen in English Literature and Oriental Classics. Hokuseido, December 29, 1942 and also Dutton Paperback Edition, 1960. Reprinted by Hokuseido in 1993.
2. Haiku (Volume I: Eastern Culture). First published by Kamakura-bunko, August 25, 1949: Second and following printings by Hokuseido.
3. Senryu: Japanese Satirical Verses. Hokuseido, November 10, 1949.
4. Haiku (Volume II: Spring). Hokuseido, August 10, 1950.
5. 「世界の風刺詩川柳」R·H·ブライス、吉田機司共著。日本出版協同。1950 年 10 月。
6. Haiku (Volume III: Summer-Autumn). Hokuseido, January 18, 1952.
7. Haiku (Volume IV: Autumn-Winter). Hokuseido, May 31, 1952.
8. Buddhist Sermons on Christian. Kokudosha, July 15, 1952.
9. Japanese Humour. Japan Travel Bureau. October 30, 1957.
10. Oriental Humour. Hokuseido, May 10, 1959.
11. Humour in English Literature: A Chronological Anthology. Hokuseido, May 21, 1959.
12. Zen and Zen Classics (Volume I: General Introduction. From the Upanishads to Huineng) Hokuseido, March 25, 1960.

13. Japanese Life and Character in Senryu. Hokuseido, February 15, 1961.
14. Edo Satirical Verse Anthologies. Hokuseido, September 25, 1961.
15. Zen and Zen Classics (Volume V: Twenty-five Zen Essays). Hokuseido, May 31, 1962.
16. A History of Haiku (Volume I: From the beginnings to Issa). Hokuseido, October 3, 1963.
17. A History of Haiku (Volume II: From Issa to the Present). Hokuseido, July 15, 1964.
18. Zen and Zen Classics (Volume II: History of Zen, 713-867). Hokuseido, July 15, 1964.

POSTHUMOUS PUBLICATION

19. Zen and Zen Classics (Volume IV: Mumonkan). Hokuseido, April 25, 1966.
20. Zen and Zen Classics (Volume III: History of Zen. Nangaku Branch). Hokuseido February 20, 1970.
21. Buddhist Sermons on Christian Texts. August 1, 1976. Heian Intl. Pub. Co.
22. R.H.Blyth Frederick Frank Zen and Zen Classics. Vintage, May 12,1978.

（資料提供　吉村侑久代氏）

R・H・ブライス年譜

1898（明治31）年　12月3日イギリス、エセックス州レイトンに生れる。

1916（大正5）年　18歳　カウンティ・ハイスクール（5年制）中学校卒業。第一次世界大戦兵役忌避のため、ロンドンで収監される。

1919（大正8）年　21歳　監獄より釈放。

1920（大正9）年　22歳　ロンドン大学に入学。

1923（大正12）年　25歳　ロンドン大学（英文学専攻）を卒業。ロンドンにて藤井秋夫より京城帝国大学予科雇入外国人教師として、京城赴任をすすめられ受諾。

1924（大正13）年　26歳　ロンドン大学教育科教員免許を受ける。アンナ・ベルコヴィッチと結婚。8月神戸着。9月より京城にて教職につく。

1926（大正15）年　28歳　この年より京城帝国大学で英文学の講義をする。

1927（昭和2）年　29歳　鈴木大拙の著書を読み感動。大拙の説く禅思想の熱心な信奉者となる。

1934（昭和9）年　36歳
4月妻アンナ、イギリスへ去る。

1935（昭和10）年　37歳
3月イギリスに帰国。アンナと正式に離婚。

1936（昭和11）年　38歳
3月京城に戻り、大学予科、大学、高商の教職復帰。

1937（昭和12）年　39歳
3月来島富子（22歳）と結婚。

1939（昭和14）年　41歳
3月京城商業高等学校講師の職を解かれる。
9月3日イギリス、フランスがドイツに宣戦、第二次世界大戦始まる。

1940（昭和15）年　42歳
8月東京へ移転。
11月金沢第四高等学校の雇入外国人教師となる。

1941（昭和16）年　43歳
4月日本への帰化願いを日本政府へ提出。帰化願いは願書提出のままで終る。
5月、「禅と英文学」（Zen in English Literature and Oriental Classics）脱稿。北星堂書店が出版を引き受ける。
金沢で鈴木大拙に初めて会う。

1942（昭和17）年　44歳

12月8日、太平洋戦争起こる。石川県警察に保護され、金沢警察署内に抑留。

1945（昭和20）年　47歳

2月、長女春海《はるみ》誕生。

3月、神戸市の交戦国民間人抑留所に収容される。

12月、「禅と英文学」北星堂書店より出版。


8月、日本敗戦。抑留者解放。

10月、上京。鈴木大拙および斎藤勇を訪ねる。また、GHQに民間情報教育中佐で俳句研究家でもあるハロルド・G・ヘンダーソンを訪ねる。

11月、斎藤勇の推薦により学習院雇入外国人教師となる。当時の学習院長山梨勝之進の下で、学習院存続の運動をする。外務大臣吉田茂の委嘱により、日本政府とGHQとの間の連絡係を努める。

12月、天皇の「人間宣言」の英文草案を作る。

1946（昭和21）年　48歳

1月1日、天皇人間宣言の詔書（日本文）発布。

4月、皇太子（現上皇陛下）に英語個人教授はじまる。（以後、御進講となり、ブライス没年の昭和35年5月まで続く）。

外務省研修所講師、東京大学講師、日本大学兼任教授となる。

7月、鈴木大拙の協力を得て、英文雑誌『カルチュラル・イースト』の1巻1号を北鎌倉・松ヶ岡文庫より発刊。
10月、東京教育大学講師になる。バイニング夫人来日。
11月3日、新憲法発布。

1947（昭和22）年　49歳
7月、次女ナナ誕生。
8月、『カルチュラル・イースト』2号刊行（2号にて終刊）

1948（昭和23）年　50歳
実践女子大学、早稲田大学、自由学園講師となる。

1950（昭和25）年　52歳
11月、バイニング夫人帰米。

1954（昭和29）年　56歳
11月、『禅と英文学』および Haiku I, II, III, IV にて東京大学より文学博士号を授与。

1959（昭和34）年　61歳
勲四等瑞宝章授与。

1964（昭和39）年　65歳
10月28日、脳腫瘍により死去。享年65。

（吉村侑久代氏提供）

訳者略歴

大江 舜（おおえ しゅん）

1948（昭和23）年香川県生まれ。慶應義塾大学文学部英文科卒。出版社勤務を経て、著作活動に。『新潮45』誌上でくりひろげたユーモラスかつ辛辣な社会時評で知られる。翻訳、エッセイ、評伝も手がける。著書に『日本「馬鹿馬鹿」講座』『日本人になったユダヤ人』『団塊絶壁』など。1995年、フランス芸術文化勲章シュヴァリエ受章。

ほんとうの日本 (The Real Japan)
2021年9月28日　第一刷発行

著　者	R.H.ブライス (Reginald Horace Blyth)
訳　者	大江 舜
編　集	武田雄二・染田屋茂（株式会社 S.K.Y. パブリッシング）
写真提供	山中 華
装　丁	蕗谷 光太郎（有限会社 Capra Design）
発行者	唐澤明義
発行所	株式会社　展望社 〒112-0002 東京都文京区小石川3丁目1番7号　エコービル202号 電話　03-3814-1997　FAX 03-3814-3063
振　替	00180-3-396248
展望社ホームページ	http://tembo-books.jp/
印刷所	株式会社東京印書館

Printed in Japan 2021
ISBN978-4-88546-407-2

定価はカバーに表示してあります。
落丁本・乱丁本はお取替えいたします。